十津川警部　三河恋唄

西村京太郎

角川文庫
19186

目次

第一章　吉良の末裔

1

三月二十五日、ようやく、春めいてきていたのが、その日は、夕方から、雨が降り出して、夜になると、それが、春時雨(しぐれ)になった。

午後十時四十分、四谷三丁目、お岩稲荷(いわいなり)の近くで銃声がした。そして、悲鳴。

誰かが、銃声と悲鳴の両方をきいて、一一〇番した。

五分後に、パトカーが到着し、警官たちは、路上に倒れている、若い男を発見した。

左腕を押さえているので、左腕を、撃たれているらしい。

しかし、青年は、立ち上がると、警官に向かって、

「大丈夫ですよ。たいしたことじゃありません」

と、いった。

「しかし、とにかく、病院にいこうじゃないか」

警官は、いい、到着した救急車に、青年を、乗せた。

青年が運ばれたのは、信濃町(しなのまち)にある大学病院だった。

弾丸は、青年の、左の二の腕を、かすめ、そこに、小さな傷を作り出血していた。

丁寧に、傷をみた医師は、

「この程度なら、手術の必要はないね。傷の手当てをすれば、おそらく、すぐ帰宅できるだろう」

と、いった。

しかし、傷は浅かったが、これは、殺人未遂である。警視庁捜査一課から、刑事たちが、事情をきくために、その病院に駆けつけた。

十津川(とつがわ)警部が、手当ての終わった青年に、撃たれた時の状況を、きくことにした。

青年は、包帯が巻かれた、自分の左腕を見ながら、

「はっきりとは、覚えていないんですよ。いきなり、後ろから、撃たれましたからね。それでも、左腕に、ちょっと、傷ができたくらいでよかったですよ。もう大丈夫です」

と、笑顔で、十津川に、いった。

しかし、続けて、十津川が、いろいろと質問をすると、その返事が、どこかおかしかった。

「あなたのお名前を、教えてください」

十津川が、いうと、青年は、目を宙に浮かせるようにして、

「僕の名前ですか？　名前は、何といったかなあ？」

と、妙な返事をする。

「自分の名前が、わからないんですか？」

亀井刑事が、そばから、少しばかり強い調子で、きいた。

「今、思い出そうと、しているんですが、どうしたのかな？　自分の名前が、なかなか思い出せない」

青年は、そんな返事をした。

その顔を、見ていると、嘘をついているようには、思えなかった。

「運転免許証か何か、名前のわかるものを、持って、いませんか？」

十津川が、きくと、青年は、あわてて、脱いだ自分の上着のポケットや、カバンの中を探っていたが、

「ああ、ありました。これが、僕の運転免許証です」

と、いって、それを、差し出した。

確かに、運転免許証である。名前を見ると、吉良義久（きらよしひさ）となっていて、年齢は二十五

歳である。住所は、四谷三丁目の駅近くの、マンションになっていた。

とすると、自宅マンションの、近くを歩いていて、誰かに、撃たれたのだろうということになってくる。

「この免許証によると、あなたの名前は、吉良義久さんですよ。わかりませんか？」

十津川が、青年の顔を、じっと見ながら、きいた。

「僕の名前、吉良というんですか？　それなら、そうなんでしょう。でも、何で、思い出せないのかな？」

「吉良というのは、珍しい名前ですね。それから、免許証によると、住所は、四谷三丁目駅の近くにある、ビレッジ四谷というマンションになっています。そこの五〇六号室、それも、覚えていませんか？」

「わかりませんが、どうしちゃったのかなあ。もし、免許証が、そうなっているのなら、それが正しいんですよ。自宅に帰れば、思い出すかも知れません」

青年は、不安気にいった。

撃たれた時のショックで、記憶が、途切れてしまったのだろうか？

しかし、その時のショックで、記憶が一時的に途切れてしまっているとしても、自宅のマンションに戻れば、思い出すことになるに違いない。たぶん一時的なものなのだろう。

十津川は、そう思った。

ただ、事は、殺人未遂である。何としてでも、青年から、事情をきかなければならない。そうしなければ、捜査が進展しない。

そこで、十津川たちは、翌日、退院するという青年を、病院まで、迎えにいった。

「今日もまだ、自分の名前を、思い出せませんか？」

と、十津川が、きくと、

「まだ、ちょっとボンヤリしていますが、運転免許証には、間違いなく、吉良義久となっていますから、僕の名前は、吉良義久なんだろうと思いますよ」

青年が、頼りないいい方をする。

退院する青年を、十津川たちは、パトカーで、四谷三丁目のマンションまで、送っていった。

五十歳前後と思われる、管理人が、青年を迎えて、

「吉良さん、お帰りなさい。新聞に出ていましたけど、大変な目に遭いましたね。もう大丈夫なんですか？」

と、いった。

「ええ、かすり傷でしたから、もう大丈夫です」

青年は、笑顔で、返事をする。

どうやら、このマンションの住人だということは、間違いがないらしい。

五階までエレベーターで、上がると、青年は、ズボンのポケットから、キーホルダーを取り出し、その中の鍵(かぎ)で部屋の、ドアを開けた。

2DKの部屋である。

十津川と亀井も、青年と一緒に、部屋に入った。

そこは、いかにも、二十五歳の若者らしい部屋だった。調度品は少ない。その代わり、液晶テレビや、ノートパソコン、携帯電話が、置いてあった。

それに、安物のギターが、部屋の片隅に、置いてあった。

もう一つ、目に入ったのは部屋に、風景写真が、パネルになって、飾ってあったことである。それはほとんど、同じ、海辺の写真だった。

五枚のパネル写真には、説明が、ついていた。三河湾という文字が二つ。それに、西浦温泉、そして、吉良町が、二つである。

青年は、写真の中の吉良町というパネルをじっと、見つめていた。

「僕の吉良義久という名前も、この吉良という町に、関係が、あるんですかね？」

青年は、自問するように、いった。

「この写真を撮ったのが君なら、君は、吉良町に、いっているんだ。吉良という名前は珍しいなと思ったが、吉良上野介の、吉良なんだよ、君の名前は」

亀井が、写真を見ながら、いった。

「この写真を撮ったの、本当に、僕なんですかね。どうも、この写真を、撮ったような気がしないんですよ」

青年は、相変わらず、頼りなげに、いう。

「しかし、この写真は、いかにも、素人が撮った写真に、見えるんだ。それに、机の上には、デジタルカメラが、あるから、おそらく、君が撮ったんじゃないのかね？　それに、ひょっとすると、君は、この吉良町の、出身なのかも知れない」

十津川が、青年を見て、いった。

「君を吉良義久と呼んで、いいのかな？」

と、亀井が、きいた。

「ええ、そう呼んでください。僕にも、わかりませんが、免許証が、そうなんだから、僕は、吉良義久なんですよ」

青年は、呑気に、いうと、机の前に座り、ノートパソコンを、開けた。

「そのパソコンを、使っていた記憶は、あるんですか?」

「それも、わかりません。しかし、このノートパソコンは、使い方を、知っているんですよ。だから、これは、僕のノートパソコンなんですよ」

そういいながら、青年は、パソコンを動かしていたが、急に、

「あれ?」

と、声を出して、

「僕は、作家なのかも知れませんね。小説を書いていたんだ」

と、いった。

「どうしてですか?」

と、十津川が、きく。

「このパソコン画面に、小説らしいものが、出ているんですよ」

そういって、パソコンの画面に、出ている文章を、青年は、プリントし始めた。

プリントされていく紙の枚数は、かなりのもので、その作業は、延々と、二十分近くも続いた。

「あなたは、いったい、どんな小説を、書いていたんですか?」

十津川は、興味を覚えて、きいてみた。

　青年は、それにには、すぐには、返事をせず、プリントされた用紙に、黙って、目を通していたが、急に笑顔を作って、

「なかなか面白いですよ。題名は『逆さ忠臣蔵』となっています」

と、いった。

「『逆さ忠臣蔵』ですか？」

「ええ、そうなっていますね。書いてあることも、なかなか、面白い」

「どんな内容の小説なんですか？」

「元禄（げんろく）十五年、一七〇二年に、例の赤穂（あこう）四十七士が、吉良邸に討ち入って、主君浅野（あさの）内匠頭（たくみのかみ）の仇を討った、有名な忠臣蔵の物語があるじゃないですか？　それを吉良方から見て、書いている小説なんですよ。やっぱり、僕は吉良義久で、どうやら、吉良家に関係があるらしい」

　と、青年は、いった。

「忠臣蔵を、吉良方から見た、そういう小説ですか？」

「それだけではなくて、忠臣蔵では、赤穂四十七士が、仇を討ってから、一方的に、吉良方は、悪人に、されてしまっているじゃありませんか？　あの事件のあと、四十七士は、切腹をしましたけど、吉良家も、領地を没収された上に、その時、吉良家の

当主になっていた、十八歳の吉良義周は、卑怯な振る舞いがあったというので、幕府から、諏訪に配流されているんです。考えてみれば、ひどい扱いじゃないですか？　だから、吉良方の、吉良上野介に関係のあった人たちが、逆に今度は、浅野家のゆかりの人たちに、もう一度、復讐をする。そんな内容の、小説を書いていたんですね」

と、青年は、いった。

「仇討ちの、仇討ちですか？」

「そうですね。これを読む限り、そんなふうに書いてありますよ」

「しかし、仇討ちの、仇討ちをするといっても、赤穂四十七士は、切腹してしまっているんですから、誰に向かって、仇討ちを、するんですかね？」

十津川が、首を傾げて、きいた。

「この小説によると、四十七士には、何人かの遺族がいた。その遺族が、その後、死んだ父親よりも、二倍、三倍の禄で召し抱えられていると、ここには、書いてありますよ。つまり、出世しているんですよ。それなのに、吉良家は、滅亡してしまうし、当主の義周は、配流になって、不遇のうちに、死んでいる。そこで、その仇討ちをする。四十七士の討ち入りが、当時の幕府の、政治に対する反逆ならば、吉良家ゆかりの人たちによる、仇討ちも、幕府の一方的な、扱いに対する批判といってもいい。そんな感じの小説に、なっていますね」

　と、青年は、いった。

「そこにプリントされた小説は、完成しているんですか？」

　十津川が、きくと、

「いや、まだ、途中までしか、書いてありません」

　と、青年が、答えた。

「それを、私にも、読ませてください」

　と、十津川が、いった。

「どうぞ、読んでください。なかなか、面白いですから」

　青年は、いった。

「ところで、昨日、あなたは、四谷三丁目を歩いていて、誰かに、撃たれたんですよ。それについてですが、何か、心当たりは、ありませんか？　誰かに、狙われるような、心当たりですが」

「わかりませんね。何しろ、自分の名前だって、やっと、どうやら、吉良義久らしいと、わかってきたところですからね。誰に狙われたのか、そして、何で、狙われたのか、まったく、わかりません。僕には、見当がつかないんですよ」

青年は、真剣な眼つきで、いった。

「自分の経歴は、わかりますか？」

十津川が、きいた。

「それも、全然わかりません。名前と、それから、このパソコンを、使って小説を書いていたらしいということは、何となくわかりましたが、作家だったとは、とても思えませんね。吉良義久などという作家は、まったく知りませんから」

青年は、まだ首を、かしげていた。

十津川が、隅の本棚に目をやると、そこには、三河湾周辺の写真集や、観光案内、それに、三河風土記といった本が、並んでいた。

もちろん、吉良家の歴史を書いたものも、ある。

十津川は、その一冊を手に取って、

「吉良さんにおききしますが、前にも、誰かに狙われたことが、ありますか？」

「いや、それは、ないと思いますね。あったとすれば、怖いことだから、記憶に残っていると思いますが、そんな記憶は、残っていないんです。だから、狙われたのは、今度が初めてだと思いますね」

青年が、いった。

「本棚を見ると、三河湾周辺の参考書や、忠臣蔵関係の書籍が多いですね。それに、吉良家のことを書いた本もある。特に、この『桐(きり)の花影』という本は、副題が吉良公家臣と書いてあるから、一方的に忠臣蔵で汚名を受けた、吉良家の家臣について、書かれた本だと思いますね」

十津川は、自分の手にした本を示して、いった。

「そうですね。確かに、本棚には、三河湾周辺の、参考書や写真集とか、あるいは、忠臣蔵関係の本が、多いから、僕は、吉良家ゆかりの人間で、吉良家から見た、忠臣蔵の話を小説にして書いていたんじゃないか、そんな風に、自分のことを、考えるようになりました。間違いなく、僕は、吉良義久という人間で、たぶん、フリーターか何かをやりながら、吉良家の名誉を挽回(ばんかい)するような小説を、書いていたんだと思いますね」

青年は、自分に、いい聞かせるように、いった。

2

現場の近くの壁に、弾丸が一発、めり込んでいるのが、見つかった。

九ミリの拳銃弾である。

吉良義久の左腕の傷や、壁にめり込んでいた弾丸から考えて、犯人は、彼の背後、五、六メートルの至近距離から、撃ったらしい。

それともう一つ、十津川は、吉良義久の指紋も採ることにした。

もし、前科があれば、自然と、彼の経歴もわかってくるだろうと思ったからだが、警察庁の前科者データには、彼の指紋と、合致するものは、なかった。

十津川は、犯人像を特定しようとして、吉良義久からプリントされた小説を借りてきて、読んでみることにした。

四百字詰で三十二枚の原稿だった。

十津川は、捜査本部で、その三十二枚の原稿を、丹念に読み返した。

〈元禄十五年十二月十四日、浅野内匠頭の家臣、大石内蔵助以下四十七士が、亡き主君の仇を討つと称して、吉良邸に、討ち入り、吉良上野介の首を取って、泉岳寺に、凱旋した。

これが、世にいう、忠臣蔵である。

四十七士の奮戦ぶりは、芝居でも、映画でも小説でも、勇ましく、描かれ、演じられているが、この日、吉良上野介を守って、奮戦し、死んだ、吉良家の家臣については、ほとんど、知られていない。

この夜、吉良家の家臣で、死んだ人間は、十七人である。

その名前を、ここに、明らかにしておこう。

小林平八郎央道、家老
鳥居利右衛門正次、用人
須藤与市右衛門定利、義周付
斎藤清左衛門、小姓
左右田源八郎、小姓
小堀源次郎、料理番
新貝弥七郎、義周付小姓
大須賀治郎右衛門元利、近習
鈴木元右衛門、祐筆
笠原長右衛門、義周付祐筆
榊原平右衛門、義周付
清水一学、小姓（剣の名手）

鈴木松竹、茶坊主
牧野春斎、茶坊主
森半右衛門、足軽
権十郎、仲間
曾右衛門、仲間
以上の十七人が、吉良上野介と、その子、義周を守って奮戦し、死んでいる。
このほか、吉良上野介の養子の義周は、この時、十八歳で、奮戦し、傷を負ったのだが、それでもなお、卑怯な振る舞いがあったとして、幕府から、配流されている。
背中に傷を受けたというので、逃げようとして、斬りつけられたと思われたのだろうが、しかし、赤穂浪士の武林唯七が、義周を、勇気のある奮戦ぶりだったと讃えている。
武林唯七の言葉によれば、
「義周様の傷は、私が、つけました。長刀を持ってのお働きは、ご立派。背中の傷は、私どもが、飛びかかった時の傷。決して、逃げた傷ではありませぬ」
そういって、敵方の武林唯七が、誉めているのだが、しかし、幕府は、それでもなお、卑怯な振る舞いとして、義周を配流し、吉良家を、取り潰してしまっている。
浅野内匠頭が、殿中で、吉良上野介に、斬りつけた時、幕府は、喧嘩両成敗とせずに、浅野家だけを断絶して、吉良家は、何のお咎めもなかった。

それを不満として、赤穂浪士が討ち入りをしたのだが、しかし、その討ち入りが成功すると、幕府の扱いは、逆の方向に、不公平になってしまっている。

義周を、卑怯な振る舞いがあったとして、配流したのはもちろんだが、吉良家も、断絶させてしまっているのである。

これは、誰が見ても、おかしいといわざるを得ない。

なぜなら、世間を騒がせたとして、幕府は、四十七士に、切腹を申しつけているのだから、襲われた吉良家のほうには、何の落ち度も罪もなかったはずである。それなのに、今度は、吉良家を取り潰してしまっているのである。不公平といわなければならない。明らかに、世論におもねったのだ。

さらにもう一つ、見逃せないことがある。

それは、戦った、双方の武士に対する、扱いである。

討ち入りした、四十七士のほうは、切腹を命じられたが、しかし、その後、泉岳寺に手厚く葬られている。

また、四十七士の子孫十八人は、義周と同じように、いったん配流になっているが、すぐに許されて、父親の倍以上の禄高で、召し抱えられて、いるのである。

それに反して、討ち入りの日に戦って死んだ吉良家の十七人の家臣たちが、その後、どこに葬られたかを調べていくと、十七人中十二人の墓は、どこにあるか、不明になっている。

つまり、それだけ、冷遇され、幕府が、葬ることを、許さなかったのでは、ないのだろうか？

それほどの、不公平な扱いだったのである。

当然、前には、赤穂の家臣たちが、浅野家と、吉良家の扱いの不公平さに、腹を立てて討ち入りをしたのだが、今度は逆に、亡くなった、吉良家の十七人の子供たちが、父親の扱いの不公平さに、腹を立てて、逆の仇討ちを、考えたとしても、決しておかしくはない。

吉良上野介の養子で、討ち入りの時に十八歳だった義周は、幕府に、咎められて配流された。

卑怯者と呼ばれたことは、さぞ、無念であったろう。

しかも、義周の亡骸に対して、幕府は、捨てておけと命令している。

しかし、家臣二人が、その命令をきかずに、吉良家の菩提寺に、墓を建てている。

その上、吉良家は、所領を没収されて、断絶してしまっているのだから、義周の家臣が、どれだけ、幕府のやり方に腹を立てていたか。その怒りが、新しい仇討ちになったとしても、おかしくはない。浅野家の家臣と同じだ。
宝永三年、配流になっていた主君、吉良義周が、二十二歳で病死した。その義周の墓前で、十七人の吉良家の家臣が、密かに誓いを立てた。
十七人という数字は、元禄十五年十二月十四日、赤穂浪士が討ち入りをした時、主君の吉良上野介を守って戦い、亡くなった吉良家の家臣十七人の数である。
考えてみれば、不思議な数である。
討ち入りした赤穂四十七士は、一人の死者もなく、本懐をとげているのに、吉良方になぜ十七人もの死者が出たのか、それが第一の不思議である。
第二の謎は、亡くなった十七人の身分である。
家老　一名
用人　一名
小姓　四名
祐筆　二名
茶坊主　二名
料理番　一名

足軽　一名
仲間　二名
義周付　二名
近習　一名
このうち、武士と呼べるのは、家老、用人、小姓と近習ということになる。
料理番、祐筆、茶坊主、足軽、仲間は、武士とは、いいにくい。特に、料理番、祐筆、茶坊主は、武士とは、ほど遠いだろう。その人間たちが、五人も死んでいるのは、なぜなのだろう？
忠臣蔵の映画を見ると、吉良邸の警護に当たる侍たちが、いっせいに飛び出してきて、赤穂浪士と、切りむすぶ。リーダーの大石内蔵助以外の四十六人が、戦っているから、吉良側の武士も、四十人以上は、いたことになる。それなのに、吉良方で、七人しか、武士の死者はいない。
他の武士たちは、戦わずに逃げたのだろうか？　そんなことは、あり得ない。何しろ、茶坊主が、二人も死んでいるのだ。武士が、茶坊主より卑怯だとは考えにくいからである。考えられることは、一つしかない。
十二月十四日、吉良邸には、警護の武士は、ほとんどいなかったということである。

家老や、用人は、戦力とはいいにくいから、本当に戦える家臣は、近習一人と、小姓四人の五人ぐらいだったのだろう。

とても、赤穂浪士たちの討ち入りを予想して、警護に当たっていたとは、思えない。ほとんど、警備はしていなかったのだ。不意討ちだったに違いない。

その上、赤穂浪士側は、鎖かたびらを着込んでの討ち入りだから、勝敗は、初めから、わかっていたというべきである。もう一つ、本来なら、戦闘要員ではない茶坊主や、料理番まで、亡くなっていることも、不思議である。

小説や、映画の忠臣蔵では、討ち入りのあったとき、茶坊主は、悲鳴をあげて逃げまどい、浪士たちは、逃げるのを追わないことになっている。しかし、茶坊主二人と、料理番が、死亡しているところをみると、このシーンは、事実ではないとしかいえない。浪士たちが、逃げる茶坊主や料理番を追いかけていって、斬り殺したとは、とても思えない。当然、考えられるのは、彼等が、武器を取って、主君の吉良上野介や、養子の義周を守るために、赤穂浪士と、戦ったということである。

茶坊主と、料理番だけではない。祐筆や、足軽や、仲間も、立派に戦って、死んだのだ。

二つのことが、いえる。赤穂浪士が忠臣ならば、吉良のこの十七人も、立派な忠臣である。また、料理番や、茶坊主までが、主君のために命を投げ出したことは、それだけ、主君の吉良上野介義央が、家臣から、慕われていたことの証拠といえる。家臣が、忠臣だっただけではなく、主君も名君だったのである。

吉良家は、高家といわれていた。高家とは、家柄の良い家ということで、吉良家は、足利以来の名家だった。徳川家康は、幕府の基礎ができあがると、高家という制度を作った。朝廷への儀礼や交渉、大名、旗本への礼儀、儀式を教える役目を、高家に与えた。その高家の筆頭が、吉良家だった。

当然、高家は、その時代の最高の教養人ということになる。事実吉良上野介義央は、茶道、書、和歌にも秀でた教養人だった。また、領主としても、黄金堤と呼ばれる堤防を築き、用水路を整備して、新田を開墾した。だからこそ、十七人の忠臣が生まれたのだろう。

それなのに、なぜ、赤穂浪士だけが、忠臣と讃えられ、主君を守って死んだ吉良家の十七人は、無視されたどころではなく、大半の者が、墓地さえ、定かではない。

もともと、この太平の世に、徒党を組み、吉良家に乱入して、当主、吉良上野介義央の首を掻き切った。その赤穂四十七士に、切腹が命じられたのは、世の中を騒がし、秩序を乱した罪によってであろう。

吉良方は、完全な被害者で、何の罪もない。それなのに、吉良家は、取り潰しにあい、養子の義周は、配流にあった。

これは、明らかに、幕府が、世におもねったのである。ひたすら、赤穂浪士の忠義を讃え、吉良家を悪者にした。吉良上野介義央を守ろうとした上杉家まで、不都合のことありという、わけのわからぬ理由で、禄高を、三分の一に減らされてしまった。

吉良の家臣は、さらに、悲惨だった。

元来、吉良家は、禄高三千二百石の旗本だが、高家であるため、一万石以上の大名より、身分は上だった。

家臣も、それを誇りに思っていたが、突然、吉良家は、断絶してしまった。当然、家臣は、禄を失い、路頭に迷わざるを得ない。

しかし、一番、悲惨なのは、十二月十四日に、主君を守って死んでいった十七人と、その遺族であろう。

十七人は、本来なら、忠臣として、誉め讃えられるべきなのに、その墓地さえ、はっきりしていない。

遺族は、禄を失い、前途は、真っ暗である。何よりも、口惜しいのは、主の死が、このままでは、犬死にになってしまうことにあった。

原因は、はっきりしている。

第一は、幕府の勝手な方針である。

第二は、赤穂四十七士、特に、大石内蔵助である。彼等が、主君の仇討ちなど考えなければ、吉良家は断絶することもなかったし、十七人の家臣も死ななくて、すんだのである。赤穂浪士は、切腹を命じられたが、忠臣と誉めそやされただけでなく、その遺族の扱いも、こちらの遺族とは、雲泥の差である。赤穂浪士の遺児たちは、すべて、父親の二倍、三倍の禄高で、召し抱えられたのである。吉良家十七人の遺児は、すべて、見捨てられた。

これ以上の不正義があるのか。

吉良義周が、二十二歳で、無念を嚙みしめながら亡くなった宝永三年、十七人の死者の遺児たちは、義周の墓前に、集った。

彼等を集めたのは、吉良家の家老で、あの日、主君のために死んだ、小林平八郎の遺児だった。

この世に、すでに、吉良家は存在しないし、その家老も、いや、家臣もいない。

その遺児、浪人、小林源次郎、二十二歳である。

他の十六人の遺児たちも、すでに、吉良家の家臣ではない。

いちばんの若手は、亡くなった清水一学の遺児、清水新八で、十五歳。元服したばかりだった。

小林源次郎は、主君、吉良義周の墓前で、ほかの十六人とともに、誓いを立てた。

「主君、義周様は、十二月十四日の夜、卑怯な振る舞いもなく、武士らしく立派に奮戦されたのに、幕府は、卑怯な振る舞いありとみて、配流させ、亡くなった時も、検死の役人がきて、亡骸をそのままにしておけと命令し葬ることを許さなかった。それだけでなく、吉良家は所領を没収され断絶した。この幕府の処置は、何としても、我慢がならぬ。これは、明らかに、赤穂浪士たちの所業を、忠臣として誉め讃える世間の風におもねった、措置としか、考えられぬ。このような幕府の政治で、この世の中が、正しく動くとは、到底考えられない。このままでは、吉良家の名誉が、損なわれたままであり、また、元禄十五年十二月十四日に、亡くなった吉良家の忠臣たちの志も、報われないままで、終わってしまうであろう。このあやまったご政道は、われらの力によって、正さねばならぬ」

小林源次郎は、そういい、したためてきた書状を取り出して、集まった十六人に、それを見せた。

「私は、まず、これを、幕府の評定所に送るつもりである。この願いが、聞き届けられればいいが、聞き届けられなければ、われらもまた、赤穂浪士に、倣って、討ち入りをする所存である」

源次郎は、そういって、書状を広げて、十六人に、読みきかせた。

「そもそも、吉良家は、徳川家康公から三千二百石を賜り、高家、名門として扱われて参りました。高家三代、吉良義弥公、義冬公、そして、吉良上野介義央公は、いずれも、名君であられました。特に、義央公は、教養のあるご主君で、卜一と名乗って、茶道の第一人者であった山田宗徧公とも、親しく交わっておられました。吉良家は、また、義弥、義冬、義央と三代にわたって、高家として、公務を日記に書き続け、その吉良家の日記は、徳川のご政道に、ただならぬ、寄与をしてまいりました。特に、上野介義央公は、名君であられ、その名君が、浅野内匠頭様に、無礼を働らくなどということはありようもなく、内匠頭様のご刃傷は、明らかに、乱心としか、見受けられません。そのため、幕府も、浅野家だけを、断絶させ、吉良家には、何のお咎めもございませんでした。それこそまた、上野介義央公が、名君である証拠では、ありませぬか？　それなのに、浅野家の家臣が、元禄十五年十二月十四日、吉良邸に討ち入りして、義央公を殺めた時、幕府は、争乱を起こした浅野家家臣だけの断罪ではなく、吉良家の所領も没収し、また、養子にお迎えしていた上杉家の義周公まで、卑怯な振る舞いがあったといって、配流に処してしまわれました。これこそ、幕府の不公平なご処置としか思えませぬ。さらに、その義周公が、諏訪でご他界の時、幕府の検死役は、さらに過酷に、亡骸を葬ることさえ許されませんでした。浅野公ご刃傷の時は、吉良家には、何のお咎めもなく、また、吉良上野介義央公にも、何の過ちもなしと、断定されました。赤穂浪士の討ち入りの時もまた、吉良家には、何の過ちもなく、当然、養子の義周公には、そのまま、吉良家を継いで、当主となることを、許されるべきなのに、まったく、許されませんでした。これこそ、ご政道が、間違っている証とあかしして、吉良家家臣、小林平八郎の一子、源次郎ほか十六人、吉良家の再興を、お願い申し上げたいと、存じます。速やかに、この間違ったご政道を、正されることを、伏してお願い申し上げます」

と、源次郎は、読み上げてから、

「私は、この建白書を、幕府の評定所に送ろうと思っている。もし、幕府のご重役方の中に、心ある人があれば、この建白書を、受け入れて、吉良家の再興を、許してくださるだろう。しかし、逆に、お咎めを、受けるかも知れぬ。その時の覚悟は、できていると思うが、それを確かめたい」

と、その場にいる十六人を見回した。

まず、清水一学の忘れ形見、十五歳の清水新八が、膝を乗り出して、

「私もまた、小林様と同じく、幕府のお裁きには、腹を、据えかねております。父の清水一学は、武芸に秀で、あの夜、赤穂浪士たちと戦って、立派に武士道を貫き通して、亡くなりました。それなのに、私は、父の墓に、詣でることも遠慮しなければなりませぬ。ここに、お集まりの方々が、亡くなった父上の墓さえ、遠慮して、作らぬと聞いて、これ以上の恥辱はあるまいと思いました。それゆえ、今、小林様が読まれた、建白書の主旨に、心から、賛同致します。もし、それによって、お咎めを受けたとしても、私は、少しも後悔いたしませぬ」

「ほかの方々の存念もおききしたい」

小林源次郎は、残りの十五人の顔を、ゆっくりと見回した。

その中で、小姓として死んだ、左右田源八郎の弟、左右田孫八が、小林源次郎に向かって、いった。

「私の兄、源八郎は、小姓として、吉良義周様に仕え、当夜、吉良家の玄関口で亡くなっております。その奮戦ぶりは、見事なものだったと、聞いております。しかし、赤穂浪士たちだけが、一方的に、忠臣扱いにされ、私の兄、源八郎ほか、当夜亡くなった方々は、忠臣とは、呼ばれておりません。それが、いかにも、口惜しゅうござい

ます。あの夜亡くなった兄、源八郎のために、その無念を晴らしたいと思っておりま
す。もちろん、小林様の書かれた建白書に同意し、また、その結果、お咎めを受けて
も、私も後悔はいたしません」

それに合わせるように、吉良上野介義央の近習として、戦って死んだ大須賀治郎右衛門の娘婿、大須賀喜平、この時、十九歳が、進み出て、

「私も、義父である、治郎右衛門は、立派に、戦って、死んだものと、聞いて、おります。赤穂義士に負けぬ忠臣だったと思っておりますのに、世間の風当たりは、いかにも無様な死に方をしたようにいわれて、とても口惜しゅうございます。その義父の汚名を晴らすためなら、いかなる事も厭いませぬ。この身体、小林源次郎様に、差し上げるつもりでございます」

他の十五人も大きく肯いた。

「それでは、これからわが家にいって、誓詞を取り交わそう」

小林源次郎が、いった。

十七人は、吉良家の菩提寺華蔵寺を出ると、吉良町にある、小林源次郎の邸に向かった。

そこで、十七人は、お互いに誓詞を取り交わし、血判した。

それを見届けてから、小林源次郎は、

「ご一同の存念のほど、充分におわかり申した。明日、先ほどお見せした、建白書を、幕府の評定所に、送るつもりでござる。もし、これが、取り上げてもらえぬときは、われら十七人、その過ちを、正すために、幕府評定所の中で、吉良家の取り潰しを主張なされた、ご老中方に対して、刃傷に及ぶつもりでござる。この議、賛同なされますか？」

源次郎が、十六人の顔を見回した。〉

そこで、小説は、終わっているが、おそらく、この後、吉良家の家臣による仇討ちが始まるのだろう。

十津川は、そこまでの原稿を、亀井にも読ませた。

「これが、二十五日の夜、吉良義久が撃たれたことと、関係があると思うかね？」

十津川が、亀井に、きいた。

「まだ断定は、できませんね。しかし、忠臣蔵は、人気があって、今のところ、吉良家のほうは、悪者になっていますから、それに反する、こんな小説を書いていることが、わかれば、それに反撥して、作者の吉良義久を狙う人間が、出たとしても、おかしくはありませんね」

と、亀井が、いった。

「しかし、いきなり、銃で撃つというのは、少しばかり極端な行動じゃないだろうか？」

「殺そうとしたのではなくて、あれを、警告と考えれば、吉良義久を狙う人間がいたとしても、おかしくはないんじゃありませんか？」

亀井が、いった。

「なるほど、警告か。それならば、あり得るかも知れないな。しかしね、カメさん。二十五日の夜の、狙撃が警告だったとしても、あの吉良という男が、この小説を書き続けていって、本にして、出すということになったら、その時は本気で、彼の命を、狙う者が出るんじゃないだろうか？」

十津川が、心配そうに、いった。

「そうですね。それは、大いに、あり得ますよ。しかし、どうします？　もし、あの青年が、この続きを、書きたいといったら、それを止めることは、できませんよ。本にしたいといった時もです」

「それにしても、あの青年は、本当に、自分のことを、何一つ覚えていないんだろうか？　そこが、私には、どうにも、不思議で、仕方がないんだ」

十津川が、首をかしげる。

「その点は、私も、警部に、同感です。運転免許証には、間違いなく、あの男の、写真が、印刷されていて、名前もわかりました。そして、あのマンションの管理人は、彼を迎えて、吉良さん、大丈夫ですかと、いったんです。ということは、あの男は、あのマンションに、前からずっと、住んでいたことになります。ですから、もし、記憶を、失っているとしても、一時的なものなんじゃ、ないでしょうか？　その証拠に、ノートパソコンの操作も、覚えていたし、どんどん記憶は、戻ってきているような気が、するんですが」

亀井が、いった。

「それでは、明日、もう一度、彼に会いにいこうじゃないか」

と、十津川が、いった。

翌日、マンションに、吉良を訪ねていくと、彼は、旅行の支度をしていた。

「これから、三河に、いってみようと思っているんです。部屋に飾ってある写真には、三河湾周辺の吉良の町や、あるいは、西浦温泉という文字が、見えましたからね。もし、あの写真を、自分で撮ったのだとすれば、西浦温泉や、吉良の町へ、いったことがあるということになります。だからもう一度、これから、いってみようと、思っているんです。そうすれば、はっきり自分を取り戻せるかも知れませんから」

と、吉良が、いった。

「これから、三河へいくとして、今夜は、どこへ、泊まるつもりです？」

十津川が、きいた。

「このパネルに、西浦温泉とありますからね。さっき地図で見てみたら、吉良町のすぐ、そばなんですよ。ですから、まず、西浦温泉に泊まって、それから、ゆっくりと、吉良町あたりを歩いてみたい、そう思っています」

と、吉良は、いった。

十津川と亀井は、彼が出かけるのを見送ってから、自分たちも、追いかけるようにして、三河にいってみることにした。

十津川と亀井は、吉良義久から一時間ほど遅れて、東京駅に向かい「こだま」で豊橋に向かった。

「こだま」の中で、亀井が、いった。

「あれから、吉良関係の本を借りて、ざっと読んでみました。なかなか、面白かったですよ。確かに、四十七士は、浅野家にとって、忠義の家臣かも、知れませんが、討ち入りの時、吉良上野介を守って、死んだ吉良の人々もまた、忠義の家臣では、ありませんか。それなのに、事件の評価が、これほどまでに、違うと、何だか、吉良の家臣が、可哀相に思えてきますね」

「その点は、私も同感なんだ。吉良上野介というと、忠臣蔵では、天下の大悪人のように描かれているが、実際に、吉良上野介のことを調べていくと、悪い人間だという記述は、ほとんどないんだ。それどころか、名君という評判のほうが多い。ある本によると、吉良上野介義央は、地元に、堤防を築いたり、用水路を造ったりして、新田開発の名君と、されている」

「それを考えると、忠臣蔵の芝居や、映画の中でのように、浅野内匠頭に、あんな、意地悪をしたとは、とても、思えませんね」

亀井も、いった。

「これから三河にいって、吉良町にもいくんだが、向こうでは、吉良上野介は、名君として今でも、地元の人たちに讃えられているし、あの周辺では、忠臣蔵の芝居は、一度もやったことがない。つまり、死んだ上野介義央に遠慮しているんだ。だから、向こうにいったら、少しばかり、口に気をつけたほうがいいかも知れないな」

と、十津川が、いった。

第二章　逆さ忠臣蔵

1

十津川と亀井は、新幹線を、豊橋で降りて、車で、西浦温泉に向かった。

西浦温泉は、渥美湾に突き出した、小さな半島にある。その半島は、まるで、拳銃の引き金の部分のような形をしていて、その先端にあるのが、西浦温泉である。

急な斜面が、海岸まで、延びていて、そこにいくつかの、ホテルが並んでいる。それが、西浦温泉だった。

先にいった吉良が、どこのホテルに泊まっているのかは、わからなかったが、十津川たちは、差しあたって、海岸のいちばん、先端にあるホテルに、チェックインした。

海の見える部屋を頼んで、そこに入る。窓を開けると、間近に、白い灯台が建っているのが見えた。

今日は、風がないとみえて、目の前の三河湾には、ほとんど、波が立っていない。

湾曲する海岸の先に、小さくかたまった、家並みが見えた。仲居にきくと、あのあたりが、吉良の町だという。

夕食近くなって、東京の西本刑事から、電話が入った。

「今、捜査本部に、原稿が届きました」

「原稿って？」

「例のマンションで、見つかった、原稿の続きですよ」

と、西本は、いう。

「吉良方で、討ち入りの日に殺された吉良の家臣の子供たちが、逆に今度は、仇を討つという小説があったでしょう？　その続きが、送られてきたんです」

「差出人は、吉良義久か？」

「差出人の名前は、書いてありません。しかし、あの原稿の続きだとすれば、彼が書いたものじゃありませんか」

「本当に、あの続きなのか？」

「一応、目を通しましたが、明らかに、あの小説の、続きですね。今回は、第二章となっていますから、あの続きだと思います。どうしますか、これは？」

「そうだな。目を通したいから、ファックスでこちらへ送ってくれないか？」

十津川は、いい、ホテルにきいて、こちらの、ファックスの番号を教えた。

問題の原稿は、すぐ、東京から送られてきた。

夕食の後で、十津川は、その原稿に目を通した。文章の調子からみると、先日、目を通した、あの原稿の続きと、考えて、よさそうである。


〈小林源次郎たち十七人が、署名した、建白書は、簡単に、握りつぶされてしまった。何の回答もない。

果たして、評定所に送った建白書が、読まれたかどうかも、わからなかった。

もし、仮に、奉行や目付が、目を通したとしても、今さら、あの大事件を蒸し返すのも、何かと面倒なのだろう。とすれば、無視するのがいちばんいい、そう決めたのかも知れなかった。

小林源次郎たち十七人は、三州（さんしゅう）吉良で、建白書の回答を、じっと待っていたのだが、それが無視された怒りと、なぜ、無視されたのか、それが知りたくて、源次郎たちは、江戸に向かった。

すでに、吉良家は、断絶しており、十七人、すべて、浪人の身である。これといった蓄えもない。

江戸に出ると、それぞれ、労働や、ソロバンのできる者は、それを生かして、商家に奉公などすることにした。以前から、吉良家と繋がりのある商人が、江戸にもいて、その伝手を求めて、雇ってもらう者も、何人かいた。

そうして、生活の糧を、得ながら、十七人は幕府の方針をきいたり街の噂を集め、源次郎が中心になって、これからどうすべきかを相談した。

源次郎は、十六人に向かって、まず、あの日の、吉良家の当主、義周の奮戦ぶりについて、話をした。

「きくところによれば義周様は、赤穂浪士襲撃の際、長刀を持って奮戦なされた。しかし、多勢に無勢。額や背中に、十数ヵ所の傷を、負われた。義周様の治療に当たった、医師の言によれば、脇腹から背中にかけて、七寸の傷、あばらは切れ、額二、三ヵ所、三寸の傷を負ったといわれる。重傷を負われたのだ。義周様が使った長刀は、刃にも柄にも、太刀の跡があり、切っ先が、一寸ほど、折れていたといわれている。それほどの手傷を、負われながら、このあと、見聞役の目付、阿部式部、杉田御左衛門の二人が、やってきた時は、義周様は、きちんと挨拶をされている。しかも、その時、義周様は、あばら骨が一本切れていたので、身体を動かすと、カチカチと音がしたという。それを見て、目付の阿部式部、杉田御左衛門の二人も、義周様の振る舞いに、ことのほか、感銘を受けたといわれている。ところが、それにもかかわらず、吉良家は取り潰され、義周様は、諏訪高島に、配流になってしまった。そして、無念のうちに、二十二歳で亡くなられた。幕府評定方は、義周様が、父である吉良上野介様が、赤穂浪士によって首を斬られたのに、自害せず、その仇を討とうともしなかったことを、責めている。しかし、考えてみるがいい。義周様は、吉良家が、これからどうなるかわからず、幕府からの指示を待つ必要があった。それゆえ、見聞役の目付が、くるのを、吉良邸の中で待っておられた。十八歳の若い御当主、義周様は、それだけの分別がおありになった。それを幕府は世間におもねて、吉良家を、取り潰しにし、義周様を諏訪高島に配流してしまった。これほどの、理不尽があろうか？」

　源次郎は、怒りを込めていった。

「それで、われらこれから、いかにしたらよろしいのか？」

　と、左右田孫八が、じっと、源次郎を見つめた。

「吉良家は、取り潰され、われらも、主君を失って、流浪の身に、なってしまった。これは、誰の仕業か？　それを考えて、われらもまた、赤穂浪士に倣って、主君の仇を討とうと思う。これは、武士の道である」

　と、源次郎は、いった。

「それで、われらの真の敵は、何者か、おわかりになりますか？」

若い清水新八が、きいた。

「翻って考えるに、この事件の発端は、浅野内匠頭が、われらの主君、吉良上野介様に、殿中で、刃傷に及んだことである。その時の幕府のご裁決は、立派なものであった。浅野家断絶。そして、吉良上野介様には、何のお咎めもなかった。これこそ、正しい裁きといえるものである。このまま、赤穂浪士が、何事も起こさなければ、吉良家は安泰。そして、われらもまた、吉良家の家臣として、お仕えしていたはずである。わが主君、吉良上野介様も、義周様も、亡くなることもなかった。それなのに、赤穂浪士の暴挙によって、すべてが、失われてしまった。それを考えれば、われらの敵は、赤穂浪士の筆頭、大石内蔵助でござる。しかし、大石内蔵助も、その長男、主税も、すでに、切腹して、この世にはない。とすれば、その血を受け継いだ者への、恨みということになり申す。しかし、大石の次男吉千代は、調べたところ、現在、但馬の豊岡の実家に、預けられ、頭を剃って、僧籍に入っている。また、三男の大三郎は、まだ二歳でしかない。もし、われらが、僧侶になった大石吉千代や、二歳の、大石大三郎を討ち取ったとしても、世間から、誉められることは、あるまい。したがって、大石内蔵助は憎いが、内蔵助の子供二人を討ち取っても、仕方がない」

「それならば、誰を仇として狙えばいいのか、それを明らかにしていただきたい」

清水新八が、いった。

「それは、公儀である」

と、源次郎は、改まった口調で、いった。

「われらが建白書は、お取り上げにならなかった。ご主君、義周様が配流になり、不遇のうちに、亡くなられたこと、吉良家を理由もなく、お取り潰しになったこと、それら、公儀のやり方に対して、われらは、それを正すために、力及ばずといえども、戦うつもりである」

「公儀のすべてを、敵に回すのか？　それを、伺いたい」

「調べたところ、赤穂浪士たちが、吉良家に討ち入りをした時、最初、公儀の見方は、今と違っていた。側用人、柳沢吉保殿は、赤穂浪士が吉良家に討ち入った時に、こう申されたときいた。右の輩は、仇討ちの宿意これあり候といえども、あるいは、町人、または日雇いの姿に身をやつし、ことさら深更に人家に忍び込み候次第、武士道にあるまじき致し方に候えば、すべて夜盗の輩の致し方、四十七人の輩、打ち首仰せらるべきお沙汰に相成り候。柳沢吉保殿は、こういわれたと聞く。つまり、赤穂浪士は、武士にあるまじき夜盗の輩と断罪したのだ。これが、そのまま公儀の声になっていれば、吉良家は、断絶されることもなかった。それなのに、老中や町奉行の中に、江戸町民の声におもねて、赤穂浪士を賞賛し、吉良家を、断絶させた者がいる。その者たちに対して、われら、戦うべきと思う」

「その戦うべき相手の名前を、お教えくだされ」

新八が、きッとして、いった。

源次郎は、懐から、一枚の書きつけを、取り出して、

「まず、老中、阿部正武」

と、その名前をいった。

「調べたところでは、老中、阿部正武は、将軍、綱吉公に対して、こういって、赤穂浪士を賞賛したという。かねて、将軍から、臣は文武忠孝の心を本旨とすべしとのお達しこれあり、ご自身も四書五経を講じられて、人倫の大道を説きあそばされる。それが形として現れたのが、赤穂浪士の討ち入りである。これも綱吉公の、よきご時世の結果であると、老中、阿部正武は、綱吉公に告げたといわれている。老中職にある者が、法律を無視し、暴挙を賞賛したのだ。また、同じく老中の小笠原長重も、こう述べている。赤穂浪士の復讐行為は、武士道に相応しい所業である。真実の忠義であるから、むしろ、賞賛すべきである。そういって、老中の小笠原長重は、赤穂浪士の

助命を、将軍綱吉公に願ったと聞いた。また、学者の中にも、赤穂浪士を賞賛し、彼らの暴挙を、賛美した者がいる。その一人が、林大学頭信篤である。彼は、将軍、綱吉公に、赤穂浪士を賞賛したと聞いた。亡主の遺恨を継いで、吉良を討ちしは、義の当たるところにて、その始末、いささかも公儀に背かず、人臣の誠忠を尽くせしは、賞賛すべき処置なり。強いて、この輩に、厳罰を下されなば、天下の笑いを取るのみならず、忠義の道、地に墜ちんこと、必定なり。林大学は、こういって、綱吉公に対して、赤穂浪士を、賞賛しているのだ。その結果、公儀は、赤穂浪士たちに、切腹を申し渡したとはいえ、義士として、賞賛している。赤穂浪士が切腹を命じられたその日、わが主君、吉良義周様は、評定所に呼び出され、浅野内匠頭家来ども、上野介を討ち候節、その方、仕方不届につき、領地召し上げ、諏訪殿へお預け申しつけられ候といわれている。これで、吉良家は取り潰され、主君、義周様は、罪人になってしまわれた。こんな酷いことが、ほかにあるであろうか？　吉良家に何の罪があるのか？」

「特に、わが主君の断罪、吉良家の断絶、取り潰しを強く主張した者は、わかっているのですか？」

　と、大須賀喜平が、きいた。

「その名前もしっかりと、覚えておいてもらいたい。町奉行、保田越前守宗易である。保田越前守は、評定所で、吉良家の罪をこう進言したといわれている。刃傷事件で、浅野家は断絶したのだから、吉良家は、赤穂浪士の討ち入りを、警戒していなければならなかったのに、何も準備をしていなかった。だから、むざむざと、討たれてしまったのであって、これは、武士として、怠慢である。それに、親の恥は、子供も逃げることはできぬ。義周様の処罰は、当然である。町奉行、保田越前守は、こういって、わが主君、吉良義周様を誹謗し吉良家の取り潰しを主張したのだ」

源次郎のその説明を聞いて、若い新八が、顔を真っ赤にして、

「もし、それが本当なら、町奉行、保田越前守こそ、無責任極まりないではありませぬか？　そもそも、浪人取り締まりの責任者は、町奉行のはず。その責任者たる者が、赤穂浪士を取り締まることができず、将軍のお膝元の江戸で、大事件を、起こしてしまった。その責任を取らぬばかりか、吉良家にその責任を押しつけている。これは、断じて許してはおけませぬ」

ほかの者も、怒りを露わにして、

「その町奉行もけしからぬと思うが、公儀もまた、その町奉行と、同じではないか。われらが主君、吉良上野介様、また、義周様に、何の責任もないのに、いきなり、四

十七人の赤穂浪士に、夜半、攻め込まれた。明らかに、夜盗のたぐいである。非は明らかに、赤穂浪士たちのほうに、あるのに、なぜ、吉良家が断絶させられなければならぬのだ！」

と、叫び、

「すべて、公儀が、江戸町民の声におもねって、吉良家を断絶させ、赤穂浪士を賞賛して、人気取りにしている。そのこと、断じて許せぬ。われら十七人が、力を合わせ、こうしたご政道に対して、正すべきである。そうすることが、亡くなったご主君、上野介様、並びに、義周様の恩義に、報いることではないか？」

「もし、赤穂浪士たちの行為が、武士の鑑（かがみ）というのならば、われらが、彼らに倣って、非業の最期を遂げられたご主君、吉良上野介様、並びに、義周様の仇を討つ。それもまた、義士の道であることになる。今こそ、われらは、ここに、誓おうではないか？」

源次郎は、そういい、改めて、自分たちの仇の名前を口に出した。

老中、阿部正武、同じく老中、小笠原長重、幕府の儒官、林大学頭信篤、そして、町奉行、保田越前守宗易である。

「この四人の名前を、脳裏に刻みつけ、一刻も、忘れてはならぬ。いかなる方法を取ってもこの四人を、主君、吉良上野介様、並びに、義周様の怨敵として、われら手を携えて、必ずや、討ち果たそうではないか」

と、源次郎は、大きな声でいい、十六人の顔をゆっくりと見回した。

2

時は、宝永三年、西暦一七〇六年である。

時代は、元禄から宝永に代わっていたが、しかし、まだ将軍綱吉は健在で、普通、将軍綱吉の時代を、元禄時代と呼ぶ。

将軍綱吉は、家康、秀忠、家光と三代続いた将軍が、江戸の基礎を作り、それを引き継いだ五代目の将軍である。

江戸の町は、家光の頃に比べ、五倍にもふくれあがり、人口も百万人に、近くなっていた。

当時、江戸は、人口百万のうち、七割が男で、しかも、その男たちは、参勤交代できた国侍や、あるいは職人たちで、ほとんどが独身である。そのため、江戸では、食べ物屋が増え、独身の男相手の女性たちが、巨大な吉原を作っていたとされる。

振り袖火事と呼ばれる明暦の大火で吉原が焼け野原になり、それに代わって、浅草寺の北に、新吉原が生まれた。

当時、そこには、遊女約三千人、それに、芸者、太鼓持ちなどがいて、その遊びは、客を楽しませていた。

元禄になると、遊女にも、格ができて、太夫、格子、散茶、局、切見世女郎の五つにわかれ、遊びもまた、優雅なものになっていった。

遊び上手の通人と呼ばれる遊び人が生まれ、また武士も、借り物の笠で、顔を隠して、新吉原で遊ぶようになった。

そのほか、芝居小屋が、各所に生まれ、元禄期には、木挽町に芝居小屋十六軒、堺町、葺屋町に五十軒あった。芝居が、当時の流行を支配して、歌舞伎役者に、倣って、若者の髪型が、決まったりしていた。

羽織の袖をわざと短くしたり、逆に長くしたり、また、職人街も発展し、香水を売る化粧品店も、繁盛した。

当時の将軍は、犬公方として有名な、徳川綱吉である。綱吉はもともと、頭が切れ、儒学の教えを、尊重していて、母親への孝行で有名である。

綱吉の生母は、桂昌院。問題は、この母親にあった。

桂昌院は、わが子、綱吉が、将軍職に就いたことを喜んだが、綱吉には、なかなか子供が生まれなかった。

それを心配した、母親の桂昌院は、隆光（りゅうこう）という護持院の僧に、なぜ、わが子、綱吉に、子供が生まれないのかを相談したところ、隆光は、前世に殺生をなさった報いで、子供ができないといった。

桂昌院は、驚いて、どうしたら、その前世の罪状が、消えるかときくと、隆光は、これからは、殺生を禁じられたほうが、よろしい。それに、綱吉は、丙（ひのえ）の戌（いぬ）の生まれだから、とりわけ犬を、大切にするとよかろうと、いったという。

桂昌院は、あわてて、その旨を綱吉に伝えた。若い綱吉は、その後、有名な「生類憐（あわ）れみの令」を公布する。

まず、犬、猫を殺してはならぬという命令が出て、次第に、その命令は、細かくなっていって、馬を殺してはならぬとなり、最後には、魚類、貝、エビなどの料理も、禁止という悪政になっていった。

最初は、武士の間で、その「生類憐れみの令」が、実施されていた。

たとえば、江戸城内の台所で、猫が死んでいた責任を取らされて、台所の役人が、八丈島に流された。

次には、武士の家族が、吹き矢でツバメを撃ったことが露見して、一人が死罪、一人は遠島になった。

その後、この「生類憐れみの令」は、武士だけではなく、町人の間にも、おこなわれるようになり、人々には、綱吉の悪政を、呪う声が大きくなった。

この「生類憐れみの令」は、綱吉が死ぬまで、江戸町中で、実施された。

その最中に、赤穂浪士が、吉良邸に討ち入りをした。犬や猫、あるいは、鳥なども殺してはならぬといわれていた時に、赤穂浪士は、吉良邸に、討ち入って、十七人を殺し、吉良上野介の首を、取って、主君の恨みを晴らしたのである。

一般町民が、この事件に、快哉を叫んだのは、赤穂浪士の忠義を、讃えたというよりも「生類憐れみの令」に、頭を押さえつけられていた、庶民たちの鬱憤が、噴出したといっても過言ではない。

3

老中二人、町奉行一人、そして、儒学者一人の四人に、仇討ちの、目標を定めた、十七人は、まず、町奉行、保田越前守宗易を狙うことに決めた。

当時、江戸には、三人の町奉行がいた。それまで、北町奉行と南町奉行の二人だったが、江戸が巨大になったため、中町奉行を置くようになったのである。その時、保田越前守は、北町奉行である。その時、保田越前守は、四十二歳。奉行としての評価は、高かった。

といっても、町民の間では、保田越前守は、あまり、評判がよくなかった。細かいことまで取り締まる、いわゆる杓子定規との評判だったからである。

小林源次郎たちが、調べていくと、保田越前守が、しばしば、芝居小屋に通っていることが、わかってきた。中でも、中村座の歌舞伎役者、市川菊之助を、贔屓にしているようだった。

十七人の中で、歌舞伎に、詳しい小堀清左衛門が、小林源次郎に、説明した。

「市川菊之助は、若手の役者で、特に、お小姓姿が華やかで、評判で、ございます。そのため、俗に、お小姓菊之助と、呼ばれるくらいで、どちらかといえば、女たちよりも、男の客に人気がございます」

その後で、清左衛門は、急に、清水新八を見て、

「考えると、おぬしに、よく似ている。おぬしが、化粧をしたら、誰もが、市川菊之助と、間違えるのではないか?」

「そんなに、新八に似ているのか？」

と、源次郎が、きく。

清左衛門は、改めて、清水新八の顔を見てから、

「今気がつきましたが、本当に、よく似ております」

と、いった。

「その市川菊之助を、町奉行の保田越前守は、贔屓にしているのか？　それは、間違いないか？」

「間違いございません。中村座近くの、茶屋できいたところ、保田越前守の入れあげようは評判のようで」

清左衛門が、笑った。

当時の江戸は、人口の七割が男で、それも、独身の男たちが多かったから、吉原が栄えるとともに、男色の傾向も強くなった。

三代将軍家光の男色は、有名である。

したがって、町奉行、保田越前守に男色の気があって、歌舞伎役者の、市川菊之助を、贔屓にしていたとしても、何の不思議もない。

小堀清左衛門が、いうように、市川菊之助という歌舞伎役者が、清水新八に、それ

ほど似ているのかどうか、それを確かめるために、源次郎と清左衛門、それに、新八の三人が、中村座に、歌舞伎を見にいくことになった。

源次郎は、金を工面して、十五歳の清水新八に、派手な、小姓姿をさせて、中村座に連れていった。

三人は、桟敷席で、芝居を見物することにした。

「今日も、保田越前守は、見物にきているか？」

源次郎が、清左衛門に、きく。

清左衛門は、ゆっくりと、周囲を見回しながら、

「たぶん、きておりましょう。今日も、市川菊之助が、小姓姿で、出てまいりますから、贔屓の保田越前守が、見にこないわけが、ございません」

と、いった。

芝居が始まって、その中の演目の一つが、吉原の太夫に惚れて通う大名の次男坊の話だった。

恵まれない部屋住みの話で、次第に、その太夫に溺れていく。その大名の次男坊に尽くすのが、元服を過ぎたばかりの、小姓、市川菊之助の役だった。

どうやら、その芝居で見ていると、その主君と、小姓の間には、男色傾向が、ある

らしく、それを匂わせている、筋書きだった。

源次郎は、舞台の市川菊之助と、隣に座っている清水新八との顔を、見比べるようにした。

今日、新八には、金を工面して、派手な小姓姿をさせ、薄化粧をさせている。

なるほど、清左衛門がいうように、舞台の市川菊之助と、隣にいる新八とは、よく似ていた。顔立ちも背格好も、瓜二つといってもいい。

ただ、今日は、あいにく町奉行、保田越前守がきている気配はなかった。

次の日も、三人は、中村座に通った。

そして、三日目、同じように、小屋がはねるまで粘った結果、駕籠が一つ、それに、提灯を持った仲間らしい男が、ひっそりと、客を迎えにきているのが、目に入った。

仲間のかざしている提灯の、紋所を見ると、間違いなく、保田越前守の、家紋である。

警護も、お忍びできているらしく、その仲間のほかに、警護の武士が、一人だけである。

三人は、かねて、示し合わせていた行動を、実行することにした。

その駕籠が、保田越前守の屋敷近くまできた時、まず、源次郎と清左衛門が、駕籠の行く手を、ふさいだ。

源次郎が、

「長の浪々の身ゆえ、困窮つかまつっている。駕籠の中の人、われらの苦衷をきき届けられ、財布ごと差し出してもらいたい」

と、いうと、駕籠わきにいた警護の武士が、

「こちらは、南町奉行、保田越前守様のお駕籠である。それを知っての狼藉か！」

と、大声で、いった。

「われら浪人にとって、町奉行も、何もない。とにかく、金を置いていけ！」

こちらも大声を出し、源次郎と清左衛門が、同時に刀を抜いて、警護の侍に、斬りかかった。

町奉行の警護に、当たっている武士だけに、なかなか手強い。

しかし、二人は、前後から、挟むようにして斬り立て、背後に回った清左衛門が、その侍の肩に斬りつけた。

相手が、ドッと倒れる。

駕籠かきの二人が、早々に、逃げ出した。

仲間は、提灯を持ったまま、腰を抜かしてしゃがみ込んでいる。

「駕籠の中の人」

と、源次郎が、声をかけた。

「われらの苦衷をおききくだされ。われら十両の金が、必要でござる」

その言葉が、終わらぬうちに、駕籠から、町奉行の保田越前守が、顔を現した。

「町奉行の、保田越前守である。盗賊に、金を無心されるいわれはない」

「それならば、仕方がない。お命を頂戴するだけだ」

と、源次郎が、いった。

源次郎も清左衛門も、腕に自信がある。

「無礼者！」

と、叫んで、越前守が、刀を抜いたが、刀を合わせただけで、腕の差は、歴然としていた。

二人は、越前守を、斬り立てていき、源次郎が、相手の刀を、叩き落とした。

暗闇で、その時を待っていた、小姓姿の新八が、現れる。

手にした提灯を、駕籠に突きさしてから、

「失礼ながら、ご助勢つかまつる」

と、いって、刀を抜いた。

新八は、父の清水一学に、習って、剣の道に優れ、小太刀の名手と、いわれている。

提灯に照らされた、小姓姿の新八は、目にも艶やかで、確かに、市川菊之助に、よく似ている。

「何者だ？　妖怪の類か？」

源次郎は、わざと、大声で、怒鳴った。

「構わぬ。二人とも斬り殺して、財布を奪え！」

清左衛門が、大声でいう。

二人は、新八に向かって、刀を合わせたが、そこは芝居だから、適当に戦った後、

「覚えておれ！」

と、捨てぜりふを残して、逃げ出した。

新八は、刀を納めてから、息を弾ませている、保田越前守に向かって、

「大丈夫でございますか？」

と、声をかけた。

越前守は、何か、不思議なものでも見るような顔で、目の前にいる、新八を見つめた。

新八は、ニッコリと笑って、

「何か、おかしなことでもございますか？」

「お主の名前は？」

「清水新八」

　と、狐につままれたように、越前守が、きく。

「清水新八殿か。その格好は？」

「父が亡くなり、母一人の身で、私に、このような格好をさせています。私は、いやなのでございますが、母のいいつけで、仕方なく」

　と、新八は、笑って、みせた。

「歌舞伎役者の、市川菊之助に、似ているといわれたことは？」

　と、越前守が、きく。

「わかりませぬ。私、歌舞伎芝居は、見たことがないので」

　と、新八は、いった。

　新八が、一礼して、

「では、これで」

　と、いうと、越前守が、あわてて、

「助けていただいたお礼を、したい。私の屋敷まで、ご一緒してくださらぬか？」

と、誘った。

「しかし、いきなり、お屋敷に、招かれましても」

新八は、困惑しているかのように、みせた。

越前守は、震えている仲間に、声をかけて、

「これから、屋敷に帰るぞ！」

と、大声で、いった。

「お屋敷は、この近くで、ございますか？」

新八が、きく。

「この先の橋を渡れば、すぐ、わしの屋敷だ。とにかく、お礼がしたいので、きていただきたい」

越前守は、強く、新八を誘った。〉

4

原稿は、そこで終わっている。

「この原稿を書いたのは、あの吉良義久かどうか、まず、それを、確かめたいね」

と、十津川が、いった。

「今、彼は、どこのホテルに、泊まっているのか、それをまず、調べようじゃありませんか」

亀井は、仲居に、頼んで、この西浦温泉にあるホテルと旅館の一覧表を持ってきてもらい、片っ端から、電話をかけていった。

その結果、同じ西浦温泉の「たちき」というホテルに、彼が、吉良義久の名で泊まっていることがわかった。

十津川と亀井の二人は、歩いていける距離なので、海岸通りを、そのホテルまで、歩いていった。

ホテルのロビーで、吉良に会った。

「刑事さんたちも、きていたんですか？」

吉良が、笑って、いった。

「どうしても、君が撃たれた理由と、犯人が知りたいからね」

十津川は、そういってから、持ってきた原稿を、吉良の前に、置いた。

「この原稿が、今日、東京の捜査本部に、届けられた。君のマンションで、発見された小説の続きだよ。これを、捜査本部に、送ったのは、君か？」

「いや、僕には、送った記憶が、ありませんよ。それに、おかしないい方かも、知れませんが、書いた記憶もないんですよ」

と、いった。

「しかし、君のマンションで、この前の、部分の、原稿が、発見されているんだ。それに、君の名前は、吉良義久。君が書いた可能性が高いんだが、本当に、記憶がないのか？」

「ええ、覚えがないんですよ。前にもいいましたが、僕は、自分のことが、よくわからない。ひょっとすると、僕は、小説を書いていたのかも知れませんが、それも、わかりません」

「本当に、この原稿を、捜査本部に送ってきたのは、君じゃないんだな？」

「僕は、送った覚えは、ありません」

「じゃあ、誰が、送ってよこしたんだ？」

「わかりませんよ。本当にわからないんだから、きかれても、困ります」

と、吉良は、いった。

十津川は、じっと、目の前にいる、吉良義久の顔を見つめた。

本当に覚えていないのか、それとも、とぼけているのか、その顔を見ているだけでは、判断がつかなかった。

しかし、実際に、狙撃されているところをみれば、この男の記憶が、途切れてしまっているのかも知れない。そして、

(その記憶が途切れていること自体に、事件の真相があるのかも知れない)

十津川は、そう思った。

翌日、朝食をすませ、部屋で、チェックアウトの支度をしているところへ、フロントから、来客を告げられた。

「三木のり子という女性が、十津川さんにお会いしたいといっています」

という。

三木のり子という名前に、十津川は、記憶がなかった。

「用件は、何だといっているんですか？」

「吉良義久様という人のことで、話したいそうです」

フロント係が、いった。

「それなら、これからロビーでお会いしますよ」

十津川は、支度をして、ロビーに降りていった。

三十代の女性が待っていて、十津川に、声をかけてきた。

「吉良義久さんのことで、話があるそうですね？」

十津川は、コーヒーを頼んでから、改めて、女の顔を見た。

大柄な女性である。そして、いかにも、意志の強そうな眼をしている。

「あの男に欺(だま)されちゃいけません。くわせ者です」

三木のり子が、いきなり、いった。

「どうして、そう思うんですか？」

十津川は、女の真意をつかみかねて、きき返した。

「あの男のこと、よく知っていますもの」

「どんな風に、知っているんですか？」

「あの男は、会社を一つ、潰(つぶ)してしまったんですよ。だから、その業界から、追放されたんです。当然でしょう。経営状態の良好だった会社が、彼の馬鹿な営業方針で、莫大(ばくだい)な借金を作ってしまったんだから、当然なんですよ。それなのに、あの男は、自分は、正しかったのに、はめられたと責任を転嫁しているんです。昔からでした。そんな男の言葉を、信用しちゃいけません」

「別に、頭から信じちゃいませんよ」

「でも、向こうのホテルで、彼の話を、熱心にきいていたじゃありませんか」

「あれは、彼が書いたと思われる小説のことで、話をきいていたんです」

「小説？　どんな小説を、書いているんですか？」

「彼の名前は、吉良義久なので、その縁で、吉良家と、浅野家、あるいは、忠臣蔵に、興味を持っているようなんですよ。それで、吉良家側から見た忠臣蔵を、小説にしているみたいで、上野介を守って死んだ者も、忠臣じゃないかとみているんです。『逆さ忠臣蔵』という小説で、なかなか面白いですよ」

　と、十津川は、いった。

「そんな小説を書いているんですか」

「どう思います？」

　今度は、十津川が、きいた。

「あの男らしいわ。文才があるので、そんな小説を書いて、自分のいいわけの助けにしようとしているんですよ。今も申し上げたように、彼の責任で、会社が潰れたのに、自分は、はめられたといってる男ですからね。どんな方法を使ってでも、自分は、正しいんだと主張するつもりです。そうに、決まってます」

「しかし、彼は、銃で撃たれたんですよ」

「あんなもの芝居に決まってますわ。その証拠に、彼は、かすり傷で、ぴんぴんしているわけじゃありませんか」

　のり子は、吐き捨てるように、いった。

「それに、彼は小説を書いたことも、覚えていないと、いっているんです。他にも、記憶してないことが、いろいろと、あるみたいで」

「記憶喪失ですか？」

　と、のり子は、笑った。

「そんなの嘘に決まってるじゃありませんか」

「なぜ、そんな嘘を？」

「刑事さんの同情が欲しいんですよ。それに、記憶がなければ、何に対しても、責任をとらずにすみますもの」

「あなたは、吉良が、一つの会社を潰したといったが、何という会社ですか？」

　亀井が、きいた。

「今は、いえません」

「どうしてですか？」

「あの事件が、公になると、傷つく人がいるんです。ですから、今はいえませんけど、この話は本当なんです」

「では、他のことをききたい。吉良さんとは、どんな知り合いなんですか？」

亀井が、話を変えた。

「私は、弁護士で、問題の会社の顧問弁護士でした。倒産の責任を調べ、あの男と、わかりました。彼に責任を取らせようとしたのですが、逃げ回り、自分は、はめられたと責任を、他の人に押しつけようとしているんです。その上、記憶喪失ですか。呆れますね」

のり子が、苦笑する。

「彼は、これから、吉良の町へいくといっていますが、何をしにいくつもりか、想像がつきますか？」

十津川が、きいた。

「あの男のことだから、何か企んでいると思います。刑事さんも、吉良へいくのなら、彼をしっかりと、監視していただきたいわ」

「何をすると、思うんですか？」

「吉良という姓は、珍しい。あの男は、吉良の町へいって、自分は、吉良家の末裔だみたいなことをいって、サギでも働くんじゃありませんか。そうでなければ、今、刑事さんのいった小説を書いていることを、吉良の人たちに自慢するのかも知れませんよ。たぶん、日本中で、吉良の町だけが、忠臣蔵に反撥してますから。あの男が、忠臣蔵を裏返したみたいな小説を書いているといえば、町の人たちは、喜びますものね」

「今でも、吉良の人たちは、忠臣蔵に反対しているんですかね?」

「私の聞いたところでは、吉良の町の劇場では、絶対、忠臣蔵をやらないそうですよ。あの男だって、当然、そういうことは、知っているでしょうからね」

「あなたは、吉良義久が、何かサギでも働くつもりだといいますが、間違いありませんか?」

十津川は、半信半疑で、きいた。

のり子は、自信満々の感じで、

「あの男は、いわば、敗北者なんですよ。それで、どこかで、勝ち組になりたい。もっとあけすけにいえば、お金が欲しいんですよ。再三申しあげますけど、あの男は会社を潰していて、責任を追及されているんです。当然お金もない。だから、どんな手段を使ってでも、サギを働いてでも、お金が欲しいんです。刑事さんも、用心なさらないと、サギの片棒を担がされますわよ」

のり子は、皮肉めかして、いった。

「刑事の私たちに、サギの片棒を担がせるとでもいうんですか?」

十津川が、笑うと、のり子は「ええ」と肯いて、

「現に、もう欺されかかってるじゃありませんか。あの男が書いたという、裏返しの忠臣蔵みたいな小説を、面白いといって、誉めていらっしゃったものね」

「確かに、なかなか、面白いんですよ」

十津川は、正直に、いった。

のり子は、小さく、首をすくめて、

「ほら、もう半分、欺されて、いらっしゃるわ」

そんな、のり子のいい方に、十津川は、自然に苦笑しながら、

「あなたは、これから吉良へいくんでしょう？　吉良義久を、見張るために。そういわれましたよね」

「ええ。でも、あの男に、べったり、くっついていたりはしませんよ。距離を置いて、しっかりと、見張っているつもりです。その方が、いろいろとわかりますものね」

と、のり子が、いった。

第三章　奥三河

1

三河の吉良町は、昭和三十年（一九五五）吉田町と、横須賀村が合併して、誕生した町である。現在の人口は、二万人ぐらい。矢作川によって運ばれてきた肥沃な土砂が、豊かな平野を作り、そこで、人々は、主として農業に従事している。

また、東の丘陵地帯では、お茶の栽培、あるいは、花、果物の栽培が盛んである。

三河湾に面した宮崎海岸は、国定公園にもなっていて、夏になると、海水浴客で賑わうことでも知られている。

しかし、何といっても、吉良町が、有名なのは、忠臣蔵によってだろう。ここは、吉良上野介の、所領の地でもあり、忠臣蔵では、一方的に、悪役にされてしまった。

最近では、吉良上野介が、悪人ではなく、土地の改良や、農業の振興に力を尽くした名君であったという評価も、されるようになってきたが、今でもやはり、忠臣蔵が、圧倒的な力を持っていて、その面では、依然として、仇役である。

江戸時代、ここには、二つの芝居小屋があったが、そこでは、忠臣蔵が上演されたことはなかったといわれている。

また、現在の名古屋の、御園座で忠臣蔵が上演される時は、出演者一同が、わざわざ、吉良町の吉良上野介の墓に、参詣することが、決まりになっているともいう。

十津川と亀井の二人が、車で、吉良町に入ると同時に、十津川の携帯電話が鳴った。

「私です。覚えていらっしゃいます？」

と、女の声が、いった。弁護士と名乗った三木のり子の声だった。

「もちろん、よく覚えていますよ」

十津川が、苦笑しながら、答えると、

「彼なら、今、吉良町、宮崎海岸のホテル吉良に、チェックインしていますよ。お知らせまで」

と、いって、のり子は、サッサと電話を切ってしまった。

十津川は、タクシーの運転手に、

「宮崎海岸の、ホテル吉良にいってくれ」

と、いった。

宮崎海岸には、ホテルが並んでいる。西浦温泉から見た、景色そのままの、明るい海岸線だった。

その中の、ホテル吉良に着く。

フロントできいてみると、確かに、あの吉良義久がチェックインしたと教えられた。

「お客様の名前が、吉良義久様とおっしゃるので、ビックリしたのですが、本名なので、二度ビックリしました。ひょっとすると、この町に、何か関係のあるお客様かも、知れません。そう思っているんですけど」

フロント係の女性が、微笑しながら、いった。

「今、彼は、どうしています？」

と、亀井が、きくと、

「チェックインされるとすぐに、お出かけに、なりました。何でも、ここにきたからには、吉良上野介の、菩提寺を見てみたいといわれて」

と、フロント係が、いう。

地図で見ると、吉良上野介義央の、菩提寺は、華蔵寺という名前で、吉良町の北のほうにある。

「どうします？　いってみますか？」

亀井が、十津川を見た。

「いや、このホテルで、彼が帰ってくるのを、待とうじゃないか」

と、十津川が、いった。

フロントに頼んでおいたので、午後四時を過ぎて、吉良が、帰ってくると、すぐに、しらせてくれた。

ロビーで、コーヒーを飲んでいるというので、十津川と亀井の二人は、ロビーに、降りていった。

吉良は、二人の顔をみると、笑いながら、

「僕をつけていらっしゃったんですか？　それとも、偶然なんですかね？」

「私たちも、この吉良の町が、どんなところか見たくなって、それできたんですよ」

十津川も笑いながらいった。

吉良と一緒に、コーヒーを飲みながら、

「あなたは、三木のり子という女性を知っていますか？」

と、十津川が、きいた。

「三木のり子？　いや、知りませんけど、その人が、どうかしたんですか？」

吉良が、きき返した。

その表情は、嘘をついているようには、見えなかった。

「自分では、弁護士を、やっているといっている。彼女の話によると、あなたは、何かの、裁判の、被告になっているようなんですが、覚えは、ありませんか？」

「僕が、いったい、何の被告になっているというんですか？」

「あなたは、どこかの会社を、倒産させてしまったらしい。その責任を問われていると、その女性弁護士は、いうんだが、本当に覚えはありませんか？」

十津川は、重ねて、きいた。

「困りましたね。そういわれても、僕には、まったく、身に覚えがないんですよ。もし、本当に僕が、どこかの会社を、倒産させてしまったのならば、責任を取りますけど」

吉良は、生真面目な表情で、十津川に、いった。

「吉良町にきて、このホテルに、泊まったのは、どうしてですか？　ほかにも、ホテルや旅館はあるはずですが」

「別に、大した理由はないんですよ。僕は、海が好きで、この宮崎海岸に、きてみたら、このホテルが、いちばん最初に、目に入ったんで泊まっただけなんです。ほかに、意味はありません」

「前に、吉良町に、きたことはあるんですか？」

「それも、わからないんですよ。自分の名前が吉良だから、たぶん、自分のルーツを探すようなつもりで、以前、この町に、きているかも知れません。しかし、まったく記憶がなくて」

吉良は、困惑した表情で、いった。

「フロント係の話だと、ここにチェックインした後、吉良上野介の菩提寺に、参詣したときいたのですが、本当ですか？」

十津川が、きいた。

「ええ。いってきましたよ。自分の名前が吉良だから、何かの縁があるんじゃないか、そう思って、吉良家の菩提寺である、華蔵寺にいってきました」

「それで、その感想は？」

「いってみて、立派なお寺だと、わかりました。本堂には、池大雅の、襖絵があるし、庭の枯山水も、見事なものでした。もちろん、吉良上野介のお墓にも、お参りしてきましたよ。最初は、初めてきたような、気がしていたんですが、池大雅の襖絵や、枯山水の庭をじっと見ていたら、前にきたような、気がしてきたんです。これは、間違いなく、前にきたことがある。そう思ったのですが、いつきたのかが、わからないんですよ。あるいは、本当は、きていなくて、写真の記憶なのかも知れません」

「もう一度ききますけどね。なぜ、この吉良町にきたのか、本当の理由を、ききたいんですが」

十津川が、いうと、吉良はまた、困ったような顔になって、

「本当の理由といわれても、困りますよ。何とかして、自分の記憶を、取り戻したいんです。ですから、僕は、この吉良町にきた。自分の名前が、吉良ですからね。珍しい名前だし、ひょっとすると、自分のルーツというか、自分の親が、この吉良町にいたんじゃないのか。もし、そうだとすると、自分を取り戻せるかも、知れない。そう思って、ここにきてみたんですけど、今のところ、まだ何もわかっていません」

どう見ても、嘘をついているようには、見えなかった。

2

十津川と亀井は、自分たちの、部屋に戻って、夕食を取った。

眠れないままに、仲居に頼んで、夜食を運んでもらうと、その仲居が、こんなことをいった。

「三〇五号室の吉良さんと、お友だちなんですか？」

「いや、別に、友だちではないが、知り合いは知り合いなんですよ。でも、どうして、そんなことをきくんですか？」

十津川が、きくと、五十代に見える仲居は、

「こんなことをいって、いいのかしら？」

「どんな話ですか？」

「向こうの吉良さんですけど、私ね、前にも一度、あの人に会ったことがあるんですよ」

「彼は、このホテルに泊まるのは、初めてだというようなことを、いっていますが」

「このホテルじゃないんです。私、前に奥三河の、湯谷温泉で、同じように、仲居の仕事をしていたんですけど、その時に、あの吉良さんが、私の働いていた旅館に、きたことがあるんですよ」

と、仲居は、いった。

「その話、本当ですか？」

「ええ、間違いありませんわ」

「湯谷温泉というのは、どのあたりにあるんですか？」

十津川が、きくと、仲居は、部屋にあった、三河周辺のパンフレットを、テーブルの上に広げた。

なるほど、海のほうではなくて、山手のほうに、湯谷温泉という文字が見えた。このあたりは、奥三河と呼ばれていて、かなり有名な景勝地らしい。

「この湯谷温泉の中に、はづ別館という、旅館があるんです。ひらがなで、はづと書きます。私は、そこで、働いていたんですけど、その時に、間違いなく、あの吉良さんが、泊まっていらっしゃったんですよ」

「それって、本当に間違いありませんね？」

十津川は、念を押した。

「ええ、間違いありませんわ。何しろ、一カ月も、その旅館に、泊まっていらっしゃったんですから」

と、仲居は、いった。

「それは、いつのことですか？」

「去年の夏でしたよ」

「彼は、一カ月もその旅館に滞在していて、いったい、何をしていたんですか？」

「小説を、書いていらっしゃったんですよ」

「小説？」

「ええ、何でも、自分の名前は、吉良義久といって、はっきりはしないが、あの吉良家の末裔ではないか。自分は、そう思っている。それで、何とかして、忠臣蔵で、悪人にされてしまった吉良家の名誉を、回復したい。赤穂義士が忠臣だといわれているけど、吉良家にだって忠臣がいた。そのことを、小説に書いてみたい。そうおっしゃって、一ヵ月間、今いった、はづ別館にお泊まりになって、小説を書いていたんですよ」

仲居が、はっきりした口調で、いった。

「それは、原稿用紙に書いていたのですか、それとも、パソコンで、打っていたのかな？」

「確か、ノートパソコンを、持ってきていらっしゃって、毎日、それで、小説を書いていらっしゃいましたよ」

と、仲居が、いった。

「その小説の内容を、見たことがありましたか？」

「いいえ、ありません。でも、吉良さんが、忠臣蔵を、逆さにしたような、小説を書くんだ。そういっていらっしゃったのは、覚えているんです。何でも、忠臣蔵を逆さにすれば、吉良の家臣を主人公にした忠臣蔵が書ける。吉良さんが、そういっていらっしゃったのを、覚えているんです」

「一ヵ月、その旅館に滞在していて、小説は完成したんですかね？」

「それは、わかりません。急に出発なさってしまいましたから」

「急に出発したというと、一ヵ月以上、滞在するつもりで、いたんですか？」

「吉良さんは、自分の小説が、完成するまでは、ここに、泊まっている。一ヵ月かかるか、二ヵ月かかるかは、わからないと、おっしゃっていたんですよ。そうしたら、突然、一ヵ月くらい経った時に、出発されてしまって。だから、その時に、その小説が完成したかどうかは、私には、わかりません」

と、仲居は、いった。

「今の話ですが、吉良さんに話しましたか？」

十津川が、きいてみた。

「ええ、もちろん。部屋に、夕食をお持ちしたら、あの吉良さんが、泊まっていらっしゃったんで、ビックリしたんですよ。それで、私のことを覚えていますかときいたら、まったく、覚えていらっしゃらなくて、それで、私は、今いった湯谷温泉の、はづ別館のことを話したんです。そこに一ヵ月泊まって、小説を書いていた。そのことを話したら、吉良さん、じっと、考え込んでしまって」

と、仲居は、いった。

「ほかに、彼について、何か覚えていることは、ありませんか？　何でもいいから、教えてください」

「失礼ですけど、どうして、あの吉良さんのことに、そんなに、熱心なんですか？」

今度は、仲居が、きいてきた。

「実は、彼は、記憶喪失になってしまっていましてね。自分のことを覚えていないんですよ。私たち二人は、それが心配で、彼の後を追って、この吉良町に、きたんですが、もし、彼について、何かわかれば、それを知りたい。何とかして、彼の記憶を、取り戻して、やりたいんですよ。そう思っています」

十津川が、いうと、その言葉に、納得したのかどうか、仲居は、

「そうですね」

と、考える顔に、なってから、

「今いった湯谷温泉の、はづ別館に一ヵ月間泊まっていらっしゃった時、吉良さん、好きな女の人が、できたんですよ」

と、いった。

「どんな女性と、知り合ったんですか？」

「こんなこと、話していいのかしら？」

「ぜひ、教えて、いただけませんか？　今もいったように、私たちは、何とかして、彼に、記憶を取り戻して、もらいたいんですよ」

十津川は、本心でいった。

「でも、吉良さんの同意を得ないと、彼のプライバシーに、関係してきますから」

急に、仲居は、とまどいの表情を、見せた。

十津川は、仕方なく、警察手帳を、仲居に見せた。

驚いている仲居に向かって、十津川は、

「実は、東京で、吉良さんは、何者かわからない人間に、撃たれたことがあるんですよ。ええ、拳銃で、撃たれたんです。犯人は、まだわかっていません。記憶を失っている彼は、なぜ、自分が、撃たれたのか、それがわからなくて困っている。私たちも、彼の記憶が戻れば、犯人の心当たりも、できるから、捕まえられるんですよ。だから、彼に関することは、何でも知りたい。ぜひ、話してください」

と、いった。

「それなら、お話ししますけど」

仲居は、やっと、いってくれた。

3

「湯谷温泉に、観光案内にも、載っている有名な、手打ちそばの、お店があるんです。湯谷温泉には、ほかに、食事をするようなところがなくて、吉良さんは、一ヵ月の間、毎日お昼になると、そのおそば屋さんに、いって、おそばを、食べていたんです。そのおそば屋さんには、女子大生の、娘さんがいましてね。彼女は、東京の大学に、いっているんですけど、夏休みで帰ってきて、店の手伝いをしていたんです。そこに、吉良さんが、毎日、おそばを食べにいっていて、その娘さんと知り合ったんです」

仲居が、少しばかり、声をひそめて、いった。

「去年の夏の話ですね」

「ええ。七月の半ば頃に、いらっしゃって、八月の同じく、十五日か十六日に、出発してしまったんです」

と、仲居は、いった。

「その手打ちそばの店ですが、そこの娘さんと、本当に、いい仲になったんですか？」

亀井が、少しばかり、疑うような目で、仲居を見た。

「間違いありませんよ。私が、その娘さんから、直接聞いたんですから」

仲居は、きっぱりと、いった。

「その娘さんの名前、わかりますか？」

十津川が、きく。

「確か、藤崎美香さん。東京の女子大の、学生さんですよ」

「そのそば屋の名前は、何というのですか？」

「名前をそのまま取って『手打ちそばの店　藤崎』という店です」

「今、その藤崎美香さんという人は、どうしているんでしょうかね？」

十津川が、きいた。

「今も、もちろん、東京の大学に、通っていると思いますけど」

「あなたは、彼女から、吉良さんとのことを聞いたといいましたけど、彼女は、どういったんですか？　彼が好きだというようなことを、いったんですか？」

「そこまでは、はっきりとは聞いていませんけど、話をしていれば、そのくらいのことは、自然とわかりますよ」

仲居が、自信満々に、いう。

「彼のほうは、どうだったんですかね？　一カ月も、いたんだから、いろいろと、彼のことを、見ていらっしゃったんでしょう？　彼の態度は、どうだったんですか？」

「間違いなく、吉良さんも、美香さんのことが、好きだったと思いますよ」

「しかし、彼女のことがあるのに、一カ月の滞在の後、突然、出発してしまったんでしょう？　どうしてだったのか、わかりますか？」

「いいえ、わかりません。突然のことで、呆気に、とられているうちに、吉良さんは、出発してしまったんです。その時、もちろん、藤崎美香さんのことを、きこうと思ったんですけど、きく暇が、なくてというよりも、当然、吉良さんは、東京にいって、向こうで、彼女に会うはずだ。私は、そう思っていたんですけどね」

と、仲居は、いった。

4

翌日、朝食をすませると、吉良が突然、ホテルを、チェックアウトした。

ロビーで、吉良が、チェックアウトするのを見ていた十津川は、すぐに、彼に、声をかけた。

「ずいぶん急なチェックアウトですが、どこへ、いくんですか？」

「そんなこと、いちいち、断らなくてはいけないんですか？」

この時、吉良は、少しばかり、気色ばんだ顔で、いった。

「とにかく、あなたは東京で、危うく殺されかけた人なんですよ。私たち刑事には、あなたを守る義務がある。だから、こうして、おききするんですが、これから、どこへいかれるんですか？　それを教えてください」

十津川が、いった。

「行き先は、いえませんね。いわなくても、罪には、ならないでしょう？」

「そうですね。いっていただきたいのですが、どうしても、いいたくないというのであれば、構いませんよ」

十津川は、わざと引いて見せた。

吉良は、ホッとした表情になって、ホテルを、出ていった。

それを見送ってから、

「われわれも、昨日、仲居さんがいった湯谷温泉に、いってみようじゃないか？　間違いなく、彼は、そこへ向かったんだ」

十津川は、亀井に、いった。

十津川たちは、わざと、時間をおいて、ホテルを、チェックアウトした。

地図で見ると、湯谷温泉駅は、飯田線の駅である。

十津川と亀井は、豊橋から、タクシーを呼んでもらって、豊橋駅に向かった。

飯田線は、豊橋から、天竜峡を通って、長野県の、岡谷、長野方面へいっている。

二人は、豊橋から、その飯田線に、乗った。

途中までは、複線だが、その先は、単線運転である。二人が乗ったのも、二両編成の可愛らしい列車だった。途中の駅には、武田勝頼と織田、徳川の連合軍が、戦った長篠の古戦場もある。

一時間少しで、湯谷温泉駅に、着いた。

仲居のいっていた、はづ別館は、駅から歩いて二、三分のところにあった。

予約しておいた部屋に入ると、窓の外には、水の澄んだ渓流が流れている。川底が平たい岩盤に、なっているので、水が澄んで、すぐ底が見える。ところどころに、急な流れがあって、

「この川なら、アユやヤマメがたくさん釣れますよ」

と、東北生まれの亀井が、嬉しそうに、いった。

十津川は、挨拶(あいさつ)にきた女将(おかみ)さんに、向かって、自分が、刑事であることを告げ、

「去年の夏に、この旅館に、吉良義久という人が、泊まったと思うんですが」

と、いうと、女将さんは、ニッコリして、

「その吉良さんなら、今日、お見えになりましたよ」

と、いう。

やはり、あの男は、吉良町の、宮崎海岸のホテルで、仲居から話を聞いて、この湯谷温泉にやってきたのだ。

「それで、今、彼は、どうしていますか？」

「たぶん、部屋に、いらっしゃるはずですよ。この部屋の並びで、窓から、川の見える部屋がいいといわれたので、そこにご案内しました。その部屋は、去年の夏に、吉良さんが、一カ月間、滞在された部屋なんですけどね。何だか、それを、覚えていらっしゃらない感じなんです」

女将さんは、眉(まゆ)を寄せて、十津川に、いった。

「彼は本当に、去年の夏に、ここに一カ月間滞在したことを、覚えていないんですか？」

「それが、よくわからないんですよ。覚えていらっしゃるような、感じでもあるし、

全然覚えていないようにも見えますし、あの方、どうかなさったんですか？」

　今度は、女将さんのほうが、心配そうに、十津川に、きいた。

「ひょっとすると、記憶喪失になっているのかも知れないのですが、そこは、私たちにも、わかりません」

　十津川は、慎重に、いった。

「でも、あの方、ここに、一ヵ月も滞在なさって、その間、部屋で、ずっと、小説を書いていらっしゃったんですよ。そういうことまで、忘れてしまうようなことが、本当にあるんでしょうか？」

「それは、私たちにも、わかりません。だからこうして、彼をじっと、見守っているんですが、何か、彼について、思い出したことがあれば、それをぜひ、教えて、いただきたいんですよ」

　十津川は、女将さんに頼んだ。

　夜になると、周囲は、静けさを増して、川の音だけが、聞こえてくる。

「ここなら、ゆっくりと、小説が書けるんじゃありませんかね？」

　亀井が、そんなことを、十津川に、いった。

「たぶん、吉良は明日、あの仲居さんがいっていた、近くのそば屋に、いくんじゃないかな？　いや、必ずいくね。もし、そのそば屋にいくようになったら、彼は彼で、一生懸命に、自分の記憶を、取り戻そうとしているんだ」

十津川は、考えながら、いった。

「これからどうしますか？　吉良と、ここでも話をしますか？」

と、亀井が、きいた。

「いや、しばらくの間、様子を、見ることにしよう。私たちが、話しかけると、彼は用心して、何もしなくなってしまう。そういうことが、ありうるからね。彼が、どんなふうに、人に会うか。あるいは、どんなふうにして、記憶を取り戻そうとするか。それを黙って、見守っていたいんだ」

と、十津川は、いった。

「それはいいんですが、彼を、東京で殺そうとした犯人が、いるわけですから、その犯人も、彼を追って、ここにくるんじゃないでしょうか？　いや、ひょっとすると、もうきているかも知れませんよ」

亀井が、いった。

「確かに、カメさんのいうことは、充分に考えられるね。しかし、犯人が、もし、ここにきていたとしても、私たち刑事が、きていることもわかるだろうから、そう簡単には、彼を殺そうとするとは思えないよ」

と、十津川は、いった。

翌日、朝食の後で、吉良は外出した。

十津川と亀井は、女将さんに、それを知らされてから、

「私たちのことは、彼に、内緒にしていただけましたか？」

十津川が、確かめるように、きいた。

「ええ。お二人のことは、何もいいませんでした」

「それで、彼は、どこにいくといって、外出したんですか？」

「何でも、おそばが、食べたいから、昼はそばにしたい。このあたりで、どこか、うまいそばを食べさせてくれる店は、ないかときかれたんですよ」

「それで、何といったんですか？」

「そうきかれて、本当に、ビックリしました。去年の夏、一ヵ月滞在なさった時に、毎日、吉良さんは、同じお店に、おそばを食べにいっていたんですから、当然知っているはずなのに、どうして、改めてきくのか、それがわからなくて」

女将さんが、また、首をかしげている。

十津川は、あの仲居にきいたことを、女将さんにも、きいてみようと思ったが、そ

れは止めておくことにした。あまりいろいろと、話をきくと、それが、吉良の耳に、入って、彼が動揺すると、いけないと思ったからである。

十津川と亀井は、わざと、昼食の時間を避けて、旅館を出た。

観光地図によれば、藤崎というそば屋は、旅館から歩いて七、八分のところにある。

昔風の、藁葺き屋根で、中年の夫婦が、二人でやっている、そば屋だった。手打ちそばと大きく書かれている。

二人は、店に入って、天ぷらそばを、注文した。

あの仲居は、この店の美香という娘と吉良が、いい仲になったと、話していたが、今は、その娘の姿は、見えない。

そばを食べながら、庭に目をやると、山鳩が、木の枝にとまっているのが見えた。

この店も、はづ別館と同じように、静かである。

時間をずらしたせいか、ほかに、客の姿はなかった。

十津川が、庭を見ながら黙っていると、奥から、店の主人と妻の話す声が、聞こえてきた。

「さっきの、吉良さんだけどね」

と、主人のほうが、いっている。

「ええ、すぐに、わかりましたよ。あの吉良さんだということが」

と、妻が、いっている。

「しかし、ちょっと、様子がおかしいんじゃないか？」

「ええ。わたしもすぐ、様子がおかしいなと思いましたよ。だって、吉良さんなら当然、すぐ、娘の美香のことをきくはずなのに、美香のことを、何もききませんでしたから」

「そうなんだよ。いったい、どうなっているのかね？」

と、店の主人が、いっている。

「でも、こうして、ウチにみえたんですから、一年前のことは、覚えていらっしゃるに、違いないですけど、どうなっているんでしょうね？」

「東京の美香に、電話をしてきいてみようか？」

「ええ。きいてみましょう。今日、吉良さんが、きたことをいったら、きっと、美香もビックリしますよ」

「美香は、どういうかな？　少し、それが心配なのだが」

「ひょっとすると、東京から、こちらに戻ってくるかも知れませんよ。吉良さんが、本当にきたかどうかを、確かめたくって」

と、妻の方が、いっている。

そのうちに、二人の声が、小声になって、きこえなくなった。

5

翌日、吉良は、旅館の女将(おかみ)さんに、この付近の、観光地図を借り、鳳来寺山(ほうらいじさん)にいくといって、タクシーを、呼んだ。

十津川も、吉良が、持っていったという観光地図を見せてもらった。それには、この奥三河の名所旧跡が、載っていた。

このあたりで、いちばん有名なところというと、鳳来寺山だという。

鳳来寺山は、標高は六百メートルあまりと低いが、しかし、この山は「ブッポウソウ」と鳴く、コノハズクの生息しているところとしても有名で、霊山といわれ、また、近くには、徳川家光が、建てた東照宮があり、日光の東照宮とともに、有名だと、女将さんが、教えてくれた。

「途中の景色も、とても素晴らしくて、今頃は、山一面緑で、それはもう、美しいですよ」

しかし、十津川は、ほかのことが心配になった。

（もし、ここに、東京で、吉良を狙った犯人がきていれば、山奥に入っていく吉良は、格好の、標的になるのではないか）

そんな心配が、十津川の脳裏を、かすめたのである。

十津川と亀井は、すぐタクシーを、呼んでもらって、吉良がいったと思われる、鳳来寺山に向かった。

旅館のそばを流れる、宇連川を遡るような形で、タクシーは、山間の道を上がっていく。よく晴れているが、ウイークデーのせいか、車も人も少なかった。

途中に、駐車場があって、その先は、東照宮に向かう道になっていて、

「ここから先は、車を、降りていってください」

と、運転手が、いった。

広い駐車場には、車が五、六台しか停まっていない。その中に、タクシーが、一台あった。どうやら、それが、吉良の乗ってきたタクシーらしい。

そのほかに、自家用車が三台、そのうちの一台は、東京ナンバーだった。

十津川と亀井は、その東京ナンバーの車に注目した。

「ひょっとすると」

と、亀井が、いった。

「とにかく、いってみよう」

と、十津川が、いい、二人は、タクシーを降りると、東照宮に向かう道を、上がっていった。

人の姿は、見当たらないし、途中の、土産物店も、観光客が少ないせいか、店を閉めていた。

（狙うなら、絶好かも、知れない）

と、十津川は、思い、急に不安が、強くなっていくのを感じた。

「走るぞ！」

と、十津川は、いい、亀井を促して、急に、緩い坂道を、走り出した。

その足が、突然、止まった。

向こうから、呑気に戻ってくる吉良の姿を、見たからである。

吉良のほうから、十津川たちに向かって、笑いかけてきた。

「また、お会いしましたね。今度も、僕を、追いかけてきたんですか？」

と、笑いながら、いう。

「偶然だよ」

十津川は、怒ったようにいったが、その目は、吉良の後ろのほうにいる人影を、見つめていた。

三十代に見える男である。しかし、遠いのと、サングラスをかけているので、顔立ちははっきりしない。

ただ、十津川たちの姿を、見かけて、その男は、急に、足を止めてしまったのである。そして、急に、引き返していった。

男は足早にいき、たちまち、十津川の視界から、消えてしまった。

「東照宮には、いってみたんですか？」

十津川が、吉良に、声をかけた。

「ええ。見てきましたよ。なかなか素晴らしいものですね。東照宮が、ここにもあるとは、知らなかった」

吉良は、あいかわらず、呑気に、いい、

「これから、お二人も、東照宮にいかれるんですか？」

「そうだね。見てこようかと、思っている」

と、十津川は、いった。

「じゃあ、お先に」

と、吉良は、いって、駐車場のほうに、歩いて、いってしまった。

亀井は、それを見送ってから、

「さっき、向こうのほうに、いた男ですが、ちょっと気になりますね」

「私も気になった。しかし、何ともいえないな」

「そうですね。吉良を、ここで、殺そうとした人間かどうかまでは、ちょっと、わかりませんね」

「しかし、急に姿を消してしまったところをみると、吉良を追いかけて、ここまできた人間の可能性が強い」

と、十津川は、いった。

(これから、さっきの男を追いかけても、まず、捕まらないだろう)

十津川は、そう思った。

「これから、どうしますか？　東照宮にいってみますか？」

「いっても、仕方がない」

と、十津川は、苦笑した。

二人は、ゆっくりと、駐車場に向かって、戻っていった。

駐車場に着くと、吉良の姿は、もうなかった。タクシーに乗って、引き上げてしまったらしい。

二人も、タクシーに戻って、

「湯谷温泉に、戻ってくれ」

と、十津川が、いうと、タクシーの運転手は、変な顔をして、

「もっと先に、いいところが、たくさんありますよ。県下で、いちばん高い茶臼山なんかにも、登られたらどうですか？　とてもいい眺めなんですけどね」

「いや、急に、用事を思い出してね。申しわけないね」

と、十津川は、いった。

6

湯谷温泉まで、戻ったところで、二人は、タクシーを降り、例のそば屋に、寄ってみることにした。

店に入っていくと、急に、若い娘の声が、聞こえた。

十津川が、天ぷらそばを注文しながら、奥を覗くと、若い娘の姿があった。

「本当に、吉良さんがきたの？」

その娘が、父親に、きいている。どうやら、彼女が、娘の藤崎美香らしい。

「間違いなく、吉良さんだよ。昨日、急にきたので、ビックリしてしまった」

と、父親が、いう。

十津川は、わざと、庭に目をやりながら、その会話を聞いていた。

「吉良さん、私のこと、覚えていた？」

娘が、きいている。

「それが、よくわからないのよ」

と、母親が、いう。

「どうして？」

「あなたのことを覚えていれば、当然、あなたのことを、きくはずなのに、黙っているのよ。こちらから切り出すわけにもいかないから、黙っていたんだけど、でも、あの、はづ別館に泊まっているというし、ここにも、おそばを食べにきているんだから、あなたのことを、わかっていて、ここにきているとしか思えないわ」

と、母親は、いう。

「今日も、きたの？」

「まだ今日はきていないけど、あの旅館に泊まっているんだから、夕方にでも、いってみたらどう？」

　と、母親が、いう。

「でも、ここに、おそばを食べにきて、私のことを、きかなかったんでしょう？」

「そうなんだけど」

「それなら、私のことを、忘れているのかも知れない。はづ別館に、いっても、仕方がないわ」

　と、娘が、いった。

「それで、今まで、吉良さん、どこで何をしていたのか、お母さんに話した？」

　娘が、続けて、きいている。

「何気なくきいてみたんだけど、その答えが、とてもあやふやなのよ。何か、あの人、ちょっとおかしいと思う」

「どこがおかしいの？」

「まるで、自分のことまで、忘れてしまったような、そんなボンヤリした感じを、受けるの。ひょっとすると、吉良さんは、病気かも知れないわ」

　と、母親が、いう。

「病気って？」

「それが、よくわからないのよ。さっき、はづ別館の女将さんにも、電話をして、きいてみたんだけど、ひょっとすると、吉良さん、記憶喪失に、なってしまったのかも知れない。そんなふうに、はづ別館の、女将さんは、いっていたわ」

「本当に、記憶喪失？　あの女将さん、そんなふうにいっていたの？」

「そういっていた」

と、父親が、いう。

「でも、記憶喪失でも、はづ別館に、泊まってるし、ここにも、おそばを、食べにきているんでしょう？」

「ああ、そうなんだ。だから、覚えているのかも知れないし、ひょっとすると、記憶を取り戻そうとして、湯谷温泉の、はづ別館に泊まって、ここに、そばを食べにきているのかも知れない。そこが、よくわからないんだよ」

と、父親は、いった。

「だから、あなたが、吉良さんに会ってみたらどうなの？　何か、わかるかも、知れないわよ」

と、母親が、いった。

7

十津川と亀井は、はづ別館に戻った。喫茶ルームで、コーヒーを飲む。

「あのそば屋の娘ですが、吉良に会いにきますかね？」

コーヒーを飲みながら、亀井が、きいた。

「たぶん、くるだろう。吉良が、自分のことを忘れているのではないか。そう思って、心配しているみたいだが、しかし、心配しながらも、それを、確かめるために、ここにくると、私は、思っている」

と、十津川は、いった。

急に、旅館の玄関のほうで、

「ああ、美香さん、いらっしゃい」

という、女将さんの声が、聞こえた。

あの藤崎美香が、十津川の思ったとおり、訪ねてきたらしい。娘の声は聞こえないが、

「ここで待っていらっしゃい。すぐに、吉良さんを呼んでくるから」

という女将さんの大きな声が、聞こえた。

喫茶ルームから、ロビーのほうを見ると、ロビーに、あの娘がいた。

女将さんが、呼びにいって、吉良が、ロビーに降りてきた。二人が会って、何か話し合っているようだが、小声なので、十津川の耳には、聞こえてこない。

そのうちに、二人は、旅館を出ていった。

十津川は、旅館の女将さんに、

「今、見えたのが、藤崎美香さんでしょう？　あのそば屋の娘さんの」

と、きいた。

「ええ、そうなんですよ。美香さんが、見えたんですよ」

女将さんは、嬉しそうに、いった。

「それで、どうなっているんですか？　彼は、あの娘さんのことを、覚えていたんですか？」

十津川が、きくと、今度は、女将さんが、困った表情になって、

「それが、よくわからないんですよ。吉良さんは、美香さんのことを、覚えているような、覚えていないような。それで、私が、近所を少し散歩してきたら、どうといったんです。散歩しながら話し合えば、吉良さんが、忘れていても、思い出すでしょう

しね」

と、いった。

「警部は、どうしますか？」

と、亀井が、きく。

「問題は、危険が、あるかどうかだな」

「そうですね。東照宮の駐車場で会った男ですが、あの男が、もし、狙っているとすれば、今日はもう、狙わないでしょう。われわれがいたことを、知ったわけですから」

と、亀井が、いった。

「それでも、カメさんは一応、二人の後を追ってくれないか？　そして、遠くから、見ていて欲しい」

と、十津川は、いった。

「わかりましたが、この後、警部は、どうされますか？」

「東照宮の駐車場で見た、東京ナンバーの車があっただろう？　あのナンバーを、警視庁に照会する。もし、あれが犯人の車なら、何か、わかるかも知れないからね」

と、十津川は、いった。

亀井が、二人を追っていった後、十津川は、東京の、西本刑事に電話をかけた。

東照宮の駐車場で見た、東京ナンバーの車、そのナンバーを、伝えてから、

「この車の持ち主のことが、知りたい。なるべく早く、調べて欲しい」

十津川は、西本刑事に、いった。

四十分ほどして、西本刑事から、返事があった。

「警部のいわれたナンバーの車ですが、持ち主がわかりました。持ち主の名前は、大山啓一、四十歳。品川にある、警備会社で働いています」

と、西本が、いった。

「警備会社の人間か」

「そうです。それに、元警官です」

「警官か」

別に、それが、どうということはないはずなのだが、何となく、十津川は、いやな気がした。

「ほかに、その大山啓一について、わかったことがあるか?」

と、十津川が、きいた。

「今のところ、これだけです。これから、日下刑事と一緒に、この男について調べて、またご報告します」

と、西本は、いった。

陽が落ちてから、亀井が戻ってきた。

「もうすぐ、吉良も、戻ってきます。彼は、あのそば屋に、娘の美香を、送ってから、こちらに、戻ってくるはずです」

「二人がどんな様子だったのか、カメさんは、見ていたのか？」

「遠くから見ていましたので、何を話していたのかは、わかりませんね。遠くからの様子ですが、吉良は、なかなか、記憶が戻らないようで、娘のほうが、少し、苛立っているように、見えました」

と、亀井が、いった。

第四章　男と女

1

翌日、十津川と亀井は、わざと、時間を少しずらして、そば屋「藤崎」に出かけた。

吉良義久のいないところで、そば屋の娘の、藤崎美香から、話をききたかったからである。今日は、最初から、警察手帳を見せて、店の主人夫妻に、娘の美香を、呼んでもらった。

この店は、そば屋なのに、珍しく、コーヒーやビールも、用意されている。十津川と亀井は、コーヒーを、頼んだ。

娘の美香は、両親に、せき立てられるようにして、顔を現したが、機嫌が悪そうだった。

十津川たちが、何かいう前に、

「今日、もう、東京に帰ろうと思っているんです」

と、いきなり、いった。

「どうして、そんな急に、東京に、帰るんですか？」

十津川がきくと、美香は、相変わらずの仏頂面で、

「いたって、仕方がないから」

「いても、仕方がないというのは、吉良義久さんのことですか？」

「ええ、彼ったら、全然、私のことを、覚えていないの。そんな人と、話し合ってもムダだから」

「本当に彼は、あなたのことを、覚えていないんですか？」

十津川は、念を押した。

「ええ、覚えてないんですよ。最初は、てっきり、とぼけているのかと思ったんですけど、いくら話しても同じなの。私は、去年の夏休みの時に、吉良さんと初めて会ったんです。二人で、名古屋鉄道に乗って、吉良の町までいって、三河湾で、一緒に泳いだことなんかを、いくら話しても、全然、手応えがないんですよ。本当に、忘れちゃっているんです。あんなことって、あるんでしょうか？　悲しいし、腹が立つし、だから、今日中に、東京に帰ります」

美香は、きっぱりと、いった。

「確か、去年の夏休み、あなたは、東京からここに戻ってきて、店の手伝いをしていた。その時に、吉良さんと、知り合いになったんですね？　できれば、その時のことを、話してもらいたいんですが」

十津川が、いうと、美香は、首をかしげて、

「どうして、刑事さんは、そんなことを、知りたいんですか？　何か、理由があるんですか？」

「実は、あの吉良さんですが、三月の末に、東京の四谷で、いきなり、何者かに撃たれたんですよ。その時は、幸い軽い怪我ですんだんですが、そのせいか、どうか、わかりませんが、すっかり、記憶を失ってしまったんです。持っていた、運転免許証から、彼の名前が、吉良義久とわかりましたが、しかし、その名前をいっても、彼は、ポカンとしているばかりでした。われわれとしては、何とかして、彼の記憶を、呼び戻したい。彼を撃った犯人を、捕まえたい。その二つの理由で、彼について、調べたり、この三河に、彼を追ってきたりしているのですが、なかなか、吉良さんの記憶が戻らないし、犯人も、見つからない。そんな時、あなたを、知ったんです。とにかく、あなたは、一年前の、彼について、いろいろと知っている。だから、ぜひ、協力していただきたいんです」

「でも、彼は、私のことを、全然覚えていないんですよ。それでも、私が、彼について話したら、何か、参考になるんですか？」

「とにかく、話してくれませんか？　お願いします」

十津川は、まっすぐに、美香を見て、いった。

「でも、何から、話したらいいのかしら？」

「何からでも、構いませんよ」

「去年、大学の夏休みに戻ってきて、店を手伝ったといっても、二ヵ月間、ずっといたわけじゃないんです。店の手伝いをしたのは、十五、六日しか、ありません。その間、毎日、彼がお昼に、おそばを食べにやってきたんです。それで自然に、彼と、話すようになったんです。彼は、湯谷温泉の、はづ別館に泊まっていて、ずっと、小説を書いている。そういう話でした。私も、専攻が、文学部なので、小説には、興味があったから、いろいろと、話しました。彼は、自分の名前が、吉良というので、何か三河の吉良に、関係があるかも知れない。そう思って、忠臣蔵を調べていたら、吉良家の侍たちが、可哀相になった。それで、忠臣蔵の逆を、書こうと思い立った。そういっていました」

「『逆さ忠臣蔵』ですか？」

「そうなんです。題名は『逆さ忠臣蔵』。そういってました。どんな作品なのか知りたくて、彼に、ききましたよ。そうしたら、彼が、教えてくれたんですけど、そのストーリーが大変面白くて、ぜひ書いて、本になったら、いちばん最初に、私に贈呈して欲しい。そういいました。そうしたら、出版してくれるところが、あるから、その初版を君への、贈呈本にする。もちろん、サインをするよと、彼は、いってくれたんです」

「彼と一緒に、吉良の町にいったり、向こうで、泳いだりしたといいましたね？　あの宮崎海岸で、泳いだんですか？」

「ええ、一緒に泳ぎましたよ」

と、いってから、美香は、チラッと、店の奥に目をやってから、

「これ、両親には、内緒なんです。去年の夏、彼と一緒に、宮崎海岸にいって、一緒に泳いだり、向こうのホテルに、泊まったりしたんですけど、両親には、内緒なんです。一人で、宮崎海岸にいったことに、なっているんですよ」

「吉良義久さんのことが、好きだったんですね？」

十津川が、きくと、美香は、微笑して、

「ええ、好きでした。優しいし、小説の話をきいていると、作家としても才能がある

ような気がして、尊敬できると感じたんですよ。それで、彼に誘われて、二人だけで、宮崎海岸にいって、思い切り夏休みを、楽しみました。それなのに、昨日会って話したら、私のことを、すっかり忘れてしまっているんですよ。こんなことって、本当に、あるんでしょうか？」

と、いった。

「去年のことを、もう少し、話してもらいたいのですが、あなたは、夏休みが終わって、東京の大学に帰った。その後、吉良さんとは、東京で、つき合って、いたんですか？」

亀井が、きいた。

「私は、そうするつもりだったのに、なぜか、彼から、まったく連絡が、こなかったんですよ。私の携帯の番号も、知っているはずなのに。その携帯の番号だって、電話をかけたいからぜひ教えてくれと彼にいわれたから教えてあげたんですよ。それなのに、一度も、かかってきませんでした。私のほうからかけても、なぜか、全然つながらないんです。男なんて、こんなものかと、思ったら、とても悲しかった。いえ、腹が立ちました」

「どうして、吉良さんから、連絡がないのか、考えましたか？」

「ええ、ずいぶん、考えました。去年の、夏休みの、思い出といったら、私には、正直にいって、彼のことしか、なかったんです。それなのに、連絡も、してこないし、こちらからも、連絡が取れない。いったい何をしているのか？　きっと、好きな女性が、できて、そちらに、夢中なんだ。そう思ったりも、しましたけど」

「それで、一昨日になって、ご両親から、吉良さんのことを、聞いたんですね？」

「ええ、両親から、電話がかかってきて、吉良さんが、また、湯谷温泉に、泊まって、昼に、おそばを食べに、きている。だから、お前も、こちらにきて、吉良さんと、話したら、どうかといわれたんです」

「それで、帰ってきた？」

「ええ、彼に会ったら、どうして、全然連絡を取ってくれなかったのか。何をしていたのか。私のことを、どう思っているのか。ききたいことが、たくさんありました。それで昨日、それを、彼にぶつけてみたんですよ」

「そうしたら、彼は、あなたのことを、覚えていなかったというわけですね？」

「ええ、何一つ、覚えていないんですよ。悲しいし、腹も、立ちましたけど、それ以上に、何か、空しい気持ちになりました」

「それは、どうしてですか？」

「だって、去年の夏休みに、初めて会って、お互いに、好意を持ったんです。そのあと私は、彼のことばかり考えるようになったんですよ。彼だって、同じだろうと思っていたのに、それが、私のことを覚えてないなんて」

「彼は、本当に、あなたのことを覚えていないんですか？」

「ええ、私が、いくら去年の夏の思い出を、話しても、彼は、ただポカンとしているだけなんですよ。ただ、首を振るばかりで、何のために、急いで、こちらに、帰ってきたのかわからなくて」

美香は、口惜しそうに、いった。

「もう一度、去年の夏のことを、思い出してもらいたいんですが、実質的にこちらにきていたのは、夏休みの半月間だ。そういいましたね？　すると、吉良さんとの、おつき合いも、半月間ということに、なりますね？」

「ええ、そうなります。でも、本当に、充実した半月間だったんです」

「その半月間ですが、その間、彼は小説を書いていたんですね？」

「ええ『逆さ忠臣蔵』を、書いている。そういって、原稿も、私に、見せてくれました。その時は、まだ、途中までしか書いてありませんでしたけど」

「ここでの半月間の、交際があって、あなたは、大学に戻った。あなたのほうが、先に、東京に戻ったのですか？」

「ええ、私のほうが先に、東京に戻りました。本当は、一緒に、東京に戻りたかったんですが、彼が、小説を、書き上げてから東京に、戻るというので、私一人が、先に帰りました」

「その時、何か、彼と、約束したことは、ありませんでしたか？」

「今もいいましたけど、小説が、完成して出版したら、その最初の一冊を、私に、贈呈してくれる。その約束は、しました。東京に、帰ったら、必ず、電話連絡をする。その約束も、彼のほうからしたんですよ」

「別れる時、何か、二人で、交換したようなものは、なかったんですか？」

亀井が、きくと、美香は、肯いて、

「彼が、何か、思い出になるものが、欲しいというので、私は、指にはめていた、プラチナの指輪を、彼にあげました。私が、大学に入った時、記念に、両親が買ってくれたものなんです。ですから、指輪の裏には、合格おめでとうと、彫ってあります」

「その指輪ですが、今回彼は、していましたか？」

「ええ、昨日、会ってみたら、小指にしていました。別れる時に、ちょうど、小指に合ったので、それをはめさせて、私は、東京に、帰っていったのです」

「間違いなく、あなたがあげた、指輪でしたか？」

「ええ、外して、裏を見たら、合格おめでとうと、彫ってありましたもの」

「その指輪のことを、吉良さんは、覚えていましたか？」

十津川が、きくと、美香は、また悲しそうな顔になって、

「それが、全然覚えていないんですよ。この指輪、誰にもらったか、覚えているときいても、彼は、全然覚えていない。そういうんです。いつから、自分の小指に、はまっているのかも、わからない。そんなことを、いうんですよ。私ね、その指輪を、海に投げ捨ててやりたくなりました。本当ですよ。だって、両親から、大学合格の記念に、買ってもらった指輪なんです。彼が、何か記念になるものが欲しいというから、あげたのに、誰からもらったのかも、覚えていないなんて、口惜しいですよ、本当に」

「吉良さんの方から、あなたにくれたものは、何か、なかったんですか？」

十津川が、きいた。

「一緒に、宮崎海岸に、泳ぎにいった時、向こうで、彼が買ってくれたものが、あるんです」

そういって、美香は、やっと、微笑した。

「何を、あなたに、買ってくれたんですか？」

「これを買ってもらったんです」

そういって、美香は、左の腕を、十津川に、伸ばして見せた。

手首に、細い金の、ブレスレットがついている。

「それ、金ですね？」

「ええ、そんなに、高いものじゃありませんけど、とても、嬉しかったんです。それでずっと、こうして、はめているんですけど、このことも、彼は、忘れて、しまっているんですよ。私が、思い出させようとして、去年の夏、宮崎海岸に、泳ぎにいったことや、リゾートホテルに、二人で泊まったことなんかを一生懸命、話したんですけど、それでも、思い出してもらえませんでした。本当に口惜しい！」

美香の声が、大きくなった。

2

今度は、美香が、十津川に、質問をしてきた。

「吉良さんは、本当に、記憶喪失に、なってしまっているんですか？　お芝居じゃないんですか?」

「本当のところは、正直にいって、私たちにもわかりません」

と、十津川は、断ってから、

「しかし、彼は本当に忘れてしまっている。記憶を失ってしまっている。そうとしか、思えないときもあります。芝居をしているとは、とても思えない時がね。ところどころ、覚えていることが、あるんじゃないかと思うときもあります。だからこそ、この三河にきたし、湯谷温泉にいって、はづ別館に、泊まったり、そばを食べに、この店にきたりしているんですよ。だから、点々と記憶が、残っている。ただ、その記憶が、繋がっていない。そんな状況ではないかと、思うこともあるんです」

と、いった。

「東京の四谷で、彼が撃たれたとおっしゃいましたね?」

「ええ、四谷の、お岩稲荷の近くで、撃たれたんです」

「そのために、記憶を、失ってしまったということなんでしょうか?」

「それも、わからないんですよ。撃たれる前から記憶を、失っていたということも、考えられるし、われわれは、今まで、撃たれたショックで、記憶を失ってしまった。そう考えていましたが、今、あなたの、話を聞いていて、もっと前からと考えるようになってきています。あなたの話を聞いていると、去年の夏の、半月間、あなたと、吉良さんは、つき合っていた。先にあなたが、東京に帰る。その時に、あなたは、両親から買ってもらったプラチナの、指輪を彼に渡し、彼のほうは、今、あなたが、腕につけている金の、ブレスレットを贈った。それなのに、彼のほうからは、まったく連絡が、なかったわけでしょう？　あなたのほうから、電話をしても繋がらなかった。ということは、その頃から、彼の記憶は、なくなっていた。そうとしか、思えませんね。だから、撃たれたせいで、記憶を失ってしまったのではなくて、その前から、彼は、記憶をなくしてしまっていたんだ。今、私は、そう思うようになっています」

「でも、どうして、彼は、記憶を、なくしてしまったんでしょう？　その点、刑事さんは、どう考えていらっしゃるんですか？」

「まったく、わかりませんね。今もいったように、私たちは、三月、四谷で、撃たれたために、そのショックで、記憶を失ってしまったと考えていたのが、今もいうように、もっと前から記憶を、失っていた。そう考えるようになりました。そうなると、余計、われわれにも、わからないんですよ」

「どうしたら、彼の記憶は、戻るんでしょうか？　お医者さんに、診せたら、治ります？」

「どうですかね？　催眠術にかけて、記憶を取り戻すという方法が、あるみたいですが、それが、必ずしも、絶対とはいえませんし、それに、吉良さんが、同意しなければ、そうした治療は、おこなえませんよ」

十津川は、むずかしい顔で、いった。

「昨日、彼と、話したんですけど、彼は、何とか、記憶を取り戻したくて、三河にも、きたし、湯谷温泉にも、きた。そういってましたけど、本当なんでしょうか？」

「たぶん、本当だと、思いますよ。人間は、記憶が、あるからこそ、生きる気力が、わいてくる。そんなところが、ありますからね。彼だって、自分の記憶を、取り戻したいに、決まっています」

十津川は、自信を持って、いった。

3

このあと、美香は、父親の車に乗って、湯谷温泉駅に向かった。今日中に、東京に帰りたい。美香は、そういっていたから、そのまま、東京に帰るつもりなのだろう。

十津川たちは、店に残った、母親にも、話を、きくことにした。

「去年、お嬢さんが、夏休みに、ここに戻ってきて、ここで、吉良さんと会い、親しくなった。二人のことは、どんな風に見ていらっしゃったんですか？」

十津川が、きくと、母親は、微笑して、

「ええ、ずっと、見ていましたよ。娘が、吉良さんに、惹かれていくのが、よくわかりましたよ」

「二人で、宮崎海岸に、泳ぎにいったのも、覚えてますか？」

亀井が、きくと、母親は、また、微笑して、

「ええ、もちろん。娘は刑事さんに、わたしたちに嘘をついて、二人で、向こうのリゾートホテルに一緒に泊まったと、そういっていたんでしょう？　でも、母親の私には、ちゃんと、わかっていましたよ。嘘をついて、吉良さんと二人で、宮崎海岸に、いって、向こうのホテルに、泊まった。そんなこと、母親ですもの、ちゃんとわかっていましたよ」

と、いった。

「美香さんは、本当に、吉良さんが好きだったみたいですね？」

十津川が、いうと、母親は、うなずいて、

「ええ、本当に、好きだったと思いますよ。今でも好きなんじゃ、ないですか？　だ

からこそ、吉良さんが、自分のことを、一つも覚えていないことに腹を、立てているんですよ」

「去年の夏に、お嬢さんと、吉良さんが親しくなったことは、お聞きしたんですが、彼は、ほとんど、一カ月間、ここに、お昼を食べにきていたわけですね？」

「ええ、毎日、きていらっしゃいましたよ」

「美香さんに、きいたんですが、美香さんがここにいたのは、ほぼ、半月ということですが、本当ですか？」

「ええ、確かに、去年の夏休み、ここで、手伝ってくれたのは、ほぼ、半月でした。それでも、私や主人は、本当に嬉しく、思いましたし。ああ、それから、ここに、そばを食べにくる人たちも、そこに、娘がいるもんだから、雰囲気が、和やかになるといって、喜んでいましたよ」

「吉良さんは、お嬢さんに、話す以外、あなたやご主人とは、どんな話を、していたんですか？」

十津川は、きいた。

母親は、小さく、笑って、

「娘が帰ってきてからは、吉良さんは、娘とばかり、話をしていて、私や主人とは、ほとんど話をしませんでしたけどね。それ以外の、半月間、娘がいない時は、よく、おそばを、食べながら、私たちと、話をしましたよ」

「その話の内容を、覚えていることだけで、結構ですから、教えて、もらえませんか？」

十津川は、頼んだ。

「湯谷温泉の、はづ別館で、小説を、書いているとおっしゃっていましたよ。何でも、忠臣蔵を、逆さまにしたような小説なんだ。そうおっしゃっていましたけど」

「その本ですが、どこで出版するのか。そういうことも、いっていましたか？」

「詳しいことは、話してもらえませんでしたけど、美香がいうには、吉良町に、小さな出版社があって、そこがぜひ、吉良さんの書いた小説を、本にしたい。そのことは、聞きましたが、何という出版社だったかは、聞いていません」

と、母親は、いった。

「そのほか、吉良さんは、自分の子供時代の話とか、学生時代の、話なんかは、しませんでしたか？」

「それは、聞いたことが、ありません。あの人、自分の生い立ちについては、ほとんど、しゃべらない人なんですよ。だから、何かいやな思い出でもあるのか、そう思ったから、こちらからも、ききませんでしたけど」

母親からは、そのぐらいのことしか、きけなかった。

昼になったので、十津川と亀井は、そばを頼んだ。娘の美香を、車で、湯谷温泉駅まで、送っていった父親が、ちょうど戻ってきて、すぐに注文したそばを、作ってくれた。

そばを食べながら、十津川は、腕時計に、目をやった。十二時を五、六分すぎている。そろそろ、吉良義久が、ここに、そばを食べにくる時間である。

きっと、吉良は、ここにきて美香が東京に帰ってしまったことを知って、ガッカリするのではないか？　それとも、何の反応も示さないか。

反応を見てみたくて、十津川は、ゆっくりと、そばを食べていた。

しかし、十二時半になっても、吉良は現れない。午後一時に、なってもである。

十津川は、急に不安になってきた。

「すぐ、帰ってみようじゃないか？」

十津川は、亀井に、いった。

二人は急いで、湯谷温泉の、はづ別館に帰った。

フロントで、

「吉良さん、まだいますか？」

ときくと、フロント係は、

「今から十五、六分前に、チェックアウトして、お帰りになりました」

と、いう。

「どうして、吉良さんは、急に、チェックアウトしたんですか？」

「何でも、急用ができたので、帰る。そういわれて、チェックアウトされたんです」

「じゃあ、東京に、帰ったんですか？」

「たぶん、そうだと、思いますが」

フロント係が、いう。頼りない返事だった。

「チェックアウトする前ですが、彼に、電話が、かかってきませんでしたか？」

十津川が、細かく、きいた。

「フロントを通しては、かかってきませんでしたが、吉良さんは、携帯をお持ちですから、携帯に、かかってきたのかも知れません。ただ、その内容については、私どもには、わかり兼ねます」

フロント係は、正直に、いった。

（東京に帰ったにせよ、ほかのところに、いったにせよ、この旅館の、すぐそばが、

湯谷温泉駅である。そこから、列車に乗ったことだけは、間違いないだろう）

と、十津川は、思った。

しかし、なぜ急に、吉良は、チェックアウトしたのだろうか？

十津川は、とっさに、大山啓一という名前を、思い出した。

東照宮の駐車場で、会った男のことである。西本刑事の調べでは、年齢四十歳で、警備会社で、働いているという。

しかし、十津川が、東照宮で会った時は、今年の春、四谷で、吉良義久を、狙撃した犯人ではないかと、思ったのだ。その疑惑は、今でも、消えていない。

「吉良が、自分の意志で、この旅館を、チェックアウトしたのならいいのだが、誰かに、誘い出されたのだとしたら、問題だな」

と、十津川は、亀井に、いった。

「そうですね。あのそば屋の、娘さんが、東京に帰る途中に、吉良の、携帯にかけたのなら、それはそれで、安心ですが、例の東照宮で会った、大山啓一という男が、誘い出したのならば、それは問題ですよ」

亀井も、眉を寄せて、いった。

今のところ、吉良が、東京に帰ったか、それとも、別のところに、いったのかもわからない。不安は不安だが、今から彼を、追いかけていくこともできなかった。

仕方なく、ロビーで、コーヒーを飲みながら、これから、どうしたらいいかを相談していると、玄関のほうで、男の大きな声がした。

「吉良さんは、もういないんですか？　いると思ってきたのに」

男が、大声で、いっている。

十津川が、玄関のほうを見ると、四十五、六歳の男が、フロント係と、大声で言い合っている。

「それじゃあ、吉良さんが、どこにいったのかを、教えてくださいよ。どうしても、会いたいんだ。いや会う必要があるんだ」

と、男が、いっている。

フロント係は、当惑した表情だった。

「私にも、吉良さんが、どこにいったかは、わかりません。とにかく、チェックアウトしてお帰りに、なったんですから」

と、フロント係は、いっている。

それでも、男のほうは、合点が、いかないといった様子で、

「とにかく、僕は、吉良さんに、急用があってね。それで、ここにきたんだ。だから、

何とかして行き先を、調べてもらえないかね？」

その男に、十津川は、声をかけた。

「私たちも、吉良さんを探しているんですが、こちらにきて、情報交換を、しませんか？」

男は、まだ、興奮した様子で、二人のところに寄ってくると、コーヒーを、注文した。

「お二人は、どうして、吉良さんを、探しているんですか？」

と、男が、きく。

「実は、私たちは、警視庁の刑事でしてね。東京の四谷で、吉良さんは、何者かわからぬ人間から、いきなり、撃たれたんですよ。軽傷ですみましたが、次は、殺されるかも、知れない。そう考えて、われわれが、この事件を調べているんです」

「そんなことが、あったんですか。それで、吉良さんは、僕のところに、連絡をしてこなかったのか？　そうか、そうかも、知れませんね」

「失礼ですが、あなたは、彼とは、どんな関係なんですか？」

十津川が、きくと、男は、ポケットから名刺を取り出して、十津川に渡した。

〈三河出版株式会社　朝原孝介〉

名刺には、そう印刷されていた。

「ひょっとして、朝原さんは、吉良さんの原稿に、用があるんじゃありませんか？」

十津川がきくと、男は、うなずいて、

「実は、去年の夏に、彼が、この旅館で、小説を書いていたんです。忠臣蔵を、逆さにした面白い小説でしてね。本のタイトルは『逆さ忠臣蔵』。面白い原稿なので、ぜひウチで出版させてほしい。そう約束したんです」

朝原孝介は、強い口調で、いった。

「それで、その原稿は、完成したんですか？」

「ええ、完成しましたよ。現に、僕が、その原稿を、読みましたから」

「しかし、まだ、出版はしていませんが、どこか、まずいところが、あるんですか？」

「吉良さんから、出来上がった原稿を、預かったんです。そして、今年の春には、出版したい。そう思っていたんですよ。そうしたら、突然、去年の夏の終わりに、吉良さんが、僕の社に見えましてね。どうしても、訂正したいところがある。それをこれから、東京に帰って直したい。そういって、帰ってしまったんです」

「訂正しなければ、出版しない。そんなふうにいったんですか？」

十津川は、きいた。

いまだに、本が出版されていないところを、みると、おそらく、そういうことなのだろう、そう思って、きいたのである。

「そうなんですよ。どうしても、訂正したいところがある。そういわれましてね。ですから、僕たちは、出版時期を延期したんですよ。ところが、それから、何の連絡もないし、こちらから、連絡も、取れないんですよ。それで困っていたら、今日になって、吉良さんが、はづ別館に、きている。そういう知らせが、あったので、急いで、駆けつけてきたんです。そうしたら、彼が、チェックアウトしてしまったとフロント係はいう。その上、吉良さんがどこにいったのかわからない。東京に帰ったのか、それとも、ほかのどこに、いったのかもわからないと、いうじゃありませんか？　そうなると、連絡を、つけたいのに、連絡が、つきませんからね。また、あの小説の、出版が遅れてしまいますよ」

朝原は、そういって、舌打ちした。

「朝原さんは、誰の紹介で、吉良さんに、会われたんですか？」

十津川が、きくと、朝原は、手を、額に当てて、

「それが、はっきりと、覚えていないんですよ。とにかく、今、湯谷温泉の、はづ別館で小説を、書いている人がいる。その小説というのは、吉良の家臣を、主人公にした、いわば『逆さ忠臣蔵』のようなもので、面白い。そういう噂をきいたんです。どこで、誰にきいたかは、今思い出せないんですけどね。とにかく、面白そうだというので、僕は、吉良の町から、飛んできましたよ。この旅館で、吉良さんにあって、原稿を、見せてもらいました。そうしたら、確かに、面白い。今まで、忠臣蔵の本は、いくらでも、出ていますけどね。吉良家の家臣を、主人公にした『逆さ忠臣蔵』なんて本は、今まで、見たことがありませんからね。何としてでも、僕は、これを、自分のところで出したいと、思ったんですよ」

「それで、吉良さんは、イエスといったんですか？」

「いろいろと、難しい話し合いになりましたよ。僕としては、面白い本になる。そう思ったんですが、吉良さんのほうは、果たして、売れるかどうか、わからない。何しろ、国民的人気の忠臣蔵を逆にするんですからね。売れないかも知れない。そんなこともあって、吉良さんは、すぐには、ウンといってくれなかったんです。それに、彼は、東京の、大きな出版社のことは、知っているが、吉良の町の、僕のところのよう

な、小さな出版社は、信用できなかったのかも、知れません。ところが、彼のほうから、吉良町にある、僕の社に、きたことがあるんですよ。きっと、どのくらいの規模の出版社なのかを、自分の目で、確かめたかったからじゃないですかね？」

朝原は、十津川に、いった。

「それで、どうなったんですか？　あなたの会社を見て、吉良さんは、承諾の返事を、したんですか？」

「ウチの社は、小さいんですよ。従業員十五、六人の零細企業です」

「今までに、どんな本を、出していらっしゃるんですか？」

「郷土史関係の本が、主な出版物ですが、他の大きな出版社で、どうしても出すのが、ためらわれるような本も、出しています。吉良さんの、書いた『逆さ忠臣蔵』も、ぜひ、ウチで出したいんです。その後、吉良さんと、何時間も話し合いましたよ。その結果、吉良さんは、最後には、承諾してくれたんです」

「最後になって、吉良さんは、訂正したいところがある。そういって、きたんですね？」

「そうなんです。わざわざ、吉良町の僕の社にきて、いきなり、そういわれたんですよ。そのくせ、原稿の、どこを、どう、直したいか、いってくれないんですよ。とにかく、原稿を、訂正したいところが、あるから、出版時期を延ばして欲しい。そういわれたので、仕方なくコピーを取って、原稿を、お渡ししたんです。そうしたら、さっきも、いったように、全然連絡が、取れなくなってしまいましてね。もちろん、吉良さんのほうからも、連絡がこない。どうしたんだろう、どうしたんだろうと、思っているうちに、時間が、経ってしまいましてね。それが、今日、急に、吉良さんが、はづ別館に、きていると知らされたので、あわてて、飛んできたんです」

「吉良さんが、記憶を、失っていることは、聞きましたか？」

十津川が、きくと、朝原は、小さく肯いて、

「今、ここの、フロント係に、聞きました。本当なんでしょうかね？　まったく、記憶を失っているというのは」

朝原は、半信半疑の表情で、十津川を見た。

「それは、本当です。しかし、記憶は、ところどころ、あるみたいなんですよ。あるからこそ、彼は、こうして、三河にきた。そして、この湯谷温泉にも、きているんだと思いますね」

「しかし、記憶は、戻っていないんでしょう？　もし、戻っていないのなら、僕が、吉良さんと話をしても、仕方がないな」

朝原は、考えながら、いった。

「吉良さんが、東京で、何者かに拳銃で撃たれたことは、今、話しましたが、前からご存じでしたか？」

十津川が、きくと、朝原は、小さく首を横に振って、

「まったく知りませんでしたね。だから、お二人が、ここまできて調べていらっしゃるわけですね」

「調べているというよりも、吉良さんのことが心配で、後を、追ってきた。その方が、正確です。何しろ、四谷で、狙撃されたわけですからね。いつまた、襲われるかも、知れない。そう思って、警備しているんですが、今日、突然、吉良さんは、この旅館をチェックアウトして、どこかに、いってしまった。それで、私たちも、困っているんですよ」

「警察は、なぜ、吉良さんが、撃たれたのか、その理由は、わかっているのですか？」

「それも、まだ、わかっていません。何しろ、被害者の吉良さんが、記憶を、失ってしまっていますからね。彼から何もきけませんから、彼が狙われた、その動機もわかりません」

「困ったな」

と、朝原は、呟いてから、

「本当に、吉良さんが、記憶を失っているとすると、出版の契約を取り交わすこともできませんね。本当に困りました。彼が、このはづ別館に、きていると聞いた時は、これで、やっと、念願の『逆さ忠臣蔵』の出版ができる。そう思って、喜んで、飛んで、きたんですけどね。本人はいなくなっちゃうし、その上、記憶が、まったくないというのでは、そういう人と、出版契約を取り交わすわけにもいかないし、本当に困りました」

「吉良さんが、東京で、住んでいたマンションがありましてね。そこには、問題の原稿の一部が、あったんです」

「じゃあ、吉良さんは、原稿を直していたんですね？　そうなら、嬉しいんだが」

「いや、自分が『逆さ忠臣蔵』という小説を、書いていたことも、覚えて、いないみたいですよ。自分の部屋に、その原稿の一部があったんで、ああ、小説を、書いている人間なのかとは思ったみたいですが」

「すると、今回、この湯谷温泉の、はづ別館にきたのは、いったい、何のために、きたんですかね？　去年の夏は、ここにきて、原稿を書いていたんですけど、今回は、ちょっと違うみたいですね」

「たぶん、吉良さん本人も、自分の記憶を、取り戻したい。そう思っているに、違いないんです。この湯谷温泉、はづ別館にきた記憶だけが、戻ってきたので、ここに、きたんじゃありませんか？　それに、去年の夏に、ここで、小説を書いている時、昼飯は、そばということで、この近くの藤崎という店に、毎日いっていたみたいなんですよ。そのことは、朝原さんも、ご存じでしたか？」

「その、そば屋のことは、よく知っていますよ。一緒に、そばを食べにいって、店の中で、出版のことについて、打ち合わせしたこともありますから」

「私が、問題の小説の、原稿を見たのは、二回で、その二回目の最後の部分は、当時の町奉行、保田越前守が、赤穂浪士を、誉め讃えたというので、吉良家の家臣たちが、この町奉行、保田越前守を、まず殺害しようと考えて、接触していく。そこで、終わっているんです。本当に、この小説は、完成しているんですか？」

十津川が、朝原に、きいてみた。

「ええ、ちゃんと、完成していましたよ。もし、お読みになりたいのなら、コピーしたものをお渡ししますが」

と、朝原は、いってくれた。

十津川は、少しばかり、考えてから、

「肝心の吉良さんが、いなくなってしまったので、私たちも、この旅館にいる意味が、なくなってしまったから、あなたと一緒に、吉良の町に戻りますよ。そこで、原稿を、見せてもらえませんか？」

「いいでしょう。じゃあ、一緒に、僕の社にきてください」

と、朝原が、いった。

4

二人は、急いで、はづ別館を、チェックアウトして、朝原と一緒に、吉良町に向かった。

吉良町の、中心近くの雑居ビルの一階に、三河出版があった。

そこへいく途中、十津川は、携帯で東京の西本に、連絡を取った。

「吉良義久が、また、姿を消してしまった。どこへいったのかは、わからない。東京に帰ったのかも知れないし、ほかの場所にいったのかも、知れないが、もし、帰京したのならそちらで何とか早く、見つけ出して欲しい。また、狙撃される恐れが、あるからね」

「彼が誰と、連絡を取るか、それも、わかりませんか？」

と、西本が、きく。

「N大の四年生に、藤崎美香という、女性がいる。吉良が、連絡を取るとすれば、この女性だと思う」

十津川は、西本に教えた。

三河出版は、社長の朝原が、いったとおりの小さな出版社だった。三河物語などの、郷土史と呼ばれる何冊かの本が、廊下に、山積みになっていた。

朝原は、そこで、夕食の出前を取って、十津川と亀井に、ご馳走(ちそう)してくれた。

その後で、問題の原稿を、見せてくれた。

確かに、小説は完結していて、総枚数は、七百二十五枚に、なっていた。

「読んでみたいのですが、コピーして、それを、貸していただけませんか？」

十津川は、改めて、頼んだ。

朝原はすぐ、社員の一人に、その原稿を、コピーするように、指示してから、

「本当に、吉良さんは、誰かに狙われているんですか？」

と、十津川に、きいた。

その表情は、まだ、半信半疑だった。

「四谷三丁目の、自宅マンション近くで、彼が撃たれたことは、間違いないんです。負傷しましたが、命には、別状なかった。われわれは、殺人未遂で、捜査しているわけです」

「もう一つ、おききしたいのですが、吉良さんは、本当に、記憶を、なくしているのですか？　芝居とは、考えられないんですか？」

「確かに、記憶を、なくしていますね。この原稿のことも、覚えていないし、去年の夏、湯谷温泉のはづ別館で、この小説を、書いていた。その時に、毎日、昼食をとりにいっていた、そば屋の娘と、親しくなったんです。その彼女のことも、忘れているようで、彼女が怒って、いましたから」

と、十津川は、いった。

「誰に、なぜ、吉良さんは、狙われているんですか？」

「その理由も、わかりません。今もいったように、狙われた本人に、記憶がないんですから」

と、十津川は、いってから、

「去年の夏、朝原さんは、吉良さんと会って、いろいろと、話をしたんでしょう？

その時に、何か、それらしきことを、いっていませんでしたか？　誰かに狙われているとか、誰かと、問題を起こしているとかですが」

「いや、そういうことは、何も聞いていませんね」

「実は、三木のり子という、女性弁護士に、話をきいたことが、あるんですよ。彼女の話によると、吉良さんは、何でも、ある会社を、倒産に追いやったため、その責任を、問われて、裁判にかけられていた。そういう話を、聞いたんです」

「僕は、聞いていませんよ」

と、朝原は、いった。

ひょっとして、三木のり子という、弁護士のいったことは、嘘なのだろうか？

しかし、嘘で、あんな話をするだろうか？

十津川は、迷ってしまった。

「とにかく、この原稿は、お借りしていって、読んでみます。途中まで読んでいて、これからどうなるのか、知りたかったんですよ」

十津川は、朝原に向かって、いった。

第五章　闇の中

1

〈翌朝になって、清水新八は、家に帰った。待ちあぐねていた、小林源次郎と、小堀清左衛門が、

「どうだった？　うまくいったか？」

と、新八に、首尾をきいた。

「何とか、うまく、いきましたが、辛うございました」

新八は、吐き捨てるように、いった。

「そうか、辛かったか」

清左衛門が、声を落として、いった。

「何があった？　いいたくなければ、いわなくてもいいが」

源次郎が、きく。

「あれから、保田越前守の、屋敷にいきました。一緒に、風呂に入れ。背中を、流してやろうと、そういわれました」

新八は、淡々とした口調で、いった。

「それで、あの越前守に、背中を流させたのか？」

「そのとおりです」

「それ以上のことも、されたか？」

源次郎が、きく。

「そこまでいわせるな」

清左衛門が、源次郎の言葉を、遮ったが、新八のほうは、開き直った態度で、

「お二人が、想像されるようなことが、ありました。一緒に風呂に入り、寝所で、抱かれました」

「いいたくないことは、いわなくてもよいぞ」

「いいえ、お二人には、ありのままを、話しておきたいのです。そうしないと、あの、保田越前守を、殺すことが、できませぬ」

と、新八が、いった。

「では、話せ」

源次郎が、いう。

「夜を徹して、越前守は、私を抱いたまま話しかけてきて、私を、眠らせてくれませんでした」

「どんなことを、越前守は、話したのだ？」

清左衛門が、きく。

「ほとんどが、北町奉行としての、自分の手腕の自慢話でした。赤穂浪士に対する、賞賛の言葉も、口にしていました。最後に、私の気持ちを、きかれました。赤穂浪士をどう思っているかと」

「それで、どう答えたのだ？」

源次郎が、きく。

新八は、やっと、笑って、

「私も、越前守様と、同じように、赤穂浪士の働き、武士として、これ以上の、働きは、ございませぬ。そういって、賞賛しておきました」

「越前守は、喜んだであろう？」

「大いに、喜んでいました。私としては、目の前の、保田越前守を、不運のうちに亡くなられた、義周様の仇と思っておりますから、いつか、その仇を討つ、その気持ちを込めて、赤穂浪士を、賞賛したのですが、越前守は、まったく、気づかぬ様子でした。それだけが、私にとって、満足でございました」

「それで、越前守とは、次の約束を、してきたのか？」

源次郎が、きく。

「越前守は、二日後にも、歌舞伎芝居を見にいく。その帰りに、船遊びをしたい。芝居小屋のそばの、船宿で待て。そういわれました」

「船遊びか」

「絶好の機会と、私は、思います。船遊びでは、おそらく、保田越前守は一人、私も一人。船の上で、越前守を討ち果たすのは、造作もないこと、そう思って、おります」

新八が、いった。

「その後、どうしたらよいかな？」

源次郎が、清左衛門に、きいた。

清左衛門は、キッパリと、

「その後のことは、決まっている。保田越前守の首を持って、吉良家の菩提寺にいって義周様の墓前にささげる。さもなければ、主君の仇討ちをする甲斐がない」

二日後、新八は、芝居小屋近くの、船宿で、小姓姿で、保田越前守を、待った。

芝居がはね、保田越前守が、思ったとおり、一人で、船宿にやってきた。忍びという形で、頭巾(ずきん)を、被(かぶ)っている。

小姓姿で待っていた、新八の姿を見ると、微笑して、船宿の主人に、

「すぐ、船を用意してくれ」

と、いう。

船宿の主人は、笑って、

「すでに、用意してございます。すぐ、お乗りくださいませ」

船頭も、慣れた中年の男が、用意されていた。

二人が、船に乗ると、ゆっくりと、川下に向かって、漕(こ)ぎ出されていく。船宿のほうで、酒と肴(さかな)が、用意されていた。

「とにかく、まずは、飲もうではないか」

越前守は、向かい合って、すぐに、杯を手に取った。新八が、心得て、越前守の杯に、酒を注ぐ。

越前守は、満足そうに、小姓姿の新八に、目をやった。

「何度見ても、市川菊之助に、よく似ておるの」

「さようでございますか。できれば、その市川菊之助よりも、私のことを、可愛がってくださいませ」

新八は、媚びるように、相手に、いった。

「もちろん、可愛がってやるとも」

越前守は、杯を干すと、新八の手を、取って、引き寄せた。

船頭は、わざと、ゆっくりと、船を漕いでいく。

「お主のことを、まだよく、きいていないな。どこの家臣だ？」

「いえ、私は、浪人の身で、ただ、母の好みで、かような格好をして、母を喜ばせることしか、できませぬ」

「仕官の望みはあるのか？」

「もし、あると申し上げたら、かなえて下さいますか？」

「それは、お主の、態度いかんだな。私としては、お前を、可愛がってやりたいが、表立ってということはできぬ。しばらく、我慢をしておれば、悪いようにはせぬが」

越前守が、恩着せがましく、いう。

新八は、越前守の膝の上に、手を置いたまま、

「私には、仕官のほかに、もう一つ、望みがござります」

と、いった。

「それを、いってみなさい。私でできることなら、助けてやりたい」

「実は、私、仇を、持つ身でございます」

「しかし、今、浪人の身だといったではないか？　主君も持たぬのに、どうして、仇を、持つのか？」

越前守が、不思議そうに、きく。

「実は、以前、仕官していたことが、ございます」

「どこの藩に、仕えていたのだ？」

「吉良様の、家臣でございました」

新八が、いうと、越前守が、急に、不機嫌な、表情になった。

「吉良というと、断絶させられた、吉良上野介のことか？」

と、きく。

「いえ、私がお仕えしていたご主君は、吉良上野介様のご子息、義周様で、ございます」

新八が、いうと、越前守の顔が、ますます、不機嫌になってきた。

「義周といえば、不行き届きのかどで、追放され、今年一月二十日に、亡くなったのではなかったのか？　それなのに、どうして、仇討ちと申すのだ？」

「赤穂浪士は、切腹した、浅野内匠頭様の仇討ちをして、世の賞賛を、得ております。内匠頭様も、私の主君、義周様と、同じように、不行き届きのかどによって、切腹させられました。それでも、浅野家の家臣は仇を討ち果たし、越前守様も、それを、賞賛なさったではありませぬか？　だとすれば、私が、義周様の仇を討ちたい、そう思っても、何の不思議も、ございますまい」

新八は、そういって、じっと、越前守のことを見た。

越前守の、不快そうな表情が、急に、不審げな表情になって、

「しかし、考えてもみよ。義周は、お咎めを受けて、追放の上、病死した。たとえ、お主が、その家臣だとしても、いったい誰を、仇だとするのか？　それがわからぬ」

「もちろん、吉良家の断絶を決めた幕府のご政道に対してでございます」

「ご政道だと？　何を馬鹿げたことを、いっておる」

越前守が、明らかに、怒りの表情を、見せていった。

途端に、新八は、身体を起こして、そばにあった短刀を、抜き放った。

「主君、義周様の仇！　ただ今、越前守様のお命、申し受けます！」

と、いいざま、新八は、斬りかかった。

越前守が狼狽（ろうばい）して、身体を、転がすようにして、逃げる。

それを、追いかけていき、新八は、馬乗りになって、いきなり、胸を刺し貫いた。

血は、ほとんど、出なかった。

短刀を、刺したまま、新八は、大刀を手に取って、障子を開け、船頭に向かって、大声で、いった。

「今、保田越前守を、討ち果たしたぞ！」

新八が、いうと、船頭は、その場に、ヘナヘナと座り込んでしまった。

「お主の命までは、取ろうとは思わぬ。向こうの岸まで、つけてくれ」

新八は、いった。

それでも、船頭は、なかなか、立ち上がろうとしない。

新八は、急に声を荒げて、

「さっさと、向こう岸まで、漕いでいけ！　さもないと、お前も、斬ってしまうぞ！」

と、叱りつけた。

その言葉で、船頭は、飛び跳ねるようにして、立ち上がると、震えながら、棹（さお）を手に取った。

船は、流れに逆らうようにして、対岸に進んでいく。

対岸の暗闇には、小林源次郎と、小堀清左衛門が、待っていた。

船が着く。

源次郎が、顔を、突き出すようにして、

「首尾は？」

と、きく。

新八は、うなずいて、

「越前守様、討ち果たしました」

と、いった。

源次郎と清左衛門が、乗り込んできて、越前守の死体を、船から陸に運び揚げた。

新八は、船頭に向かって、

「もういってよい。ただし、明日までは、このことは黙っておれ。さもないと、お前を斬って捨てる」

と、脅すように、いった。

新八は、血ぬられた短刀で、保田越前守の首を、切り落とした。それをすぐ、小堀清左衛門が、用意してきた布に、包んだ。

「これからすぐ、私は三河に向かう」

清左衛門は、興奮した口調で、二人に向かって、いった。〉

2

十津川は、朝原に会って、原稿を読んだことを、告げた。

「清水新八が、北町奉行の、保田越前守を船遊びの途中で、斬り殺し、その首を持った、小堀清左衛門が、主君、吉良義周の墓がある、三河に向かって出発するところまで、読みました。なかなか、面白かったですよ」

十津川が、いった。

「そうでしょう？　面白いでしょう？」

「これから、小説は、どうなって、いくんですか？」

「次々に吉良家を滅ぼした人々、赤穂浪士に、力を貸した人々を、討ち果たしていくことに、なっています。最後に、柳沢吉保を討って、すべてが、終わりです。当時、幕府の実権を、握っていたのは、柳沢吉保でしたからね」

朝原は、いった。

「最後に、柳沢吉保ですか？」

「そうなんです。それが、クライマックスというわけです。浅野内匠頭が、松の廊下で、刃傷に及んだ時も、すでに、吉保は、幕政を動かすだけの力を、持っていた。その時、浅野内匠頭を切腹させ、吉良上野介のほうはお咎めなしという、裁決をしたのも、柳沢吉保です。ところが、赤穂浪士が、吉良上野介を討ち果たした時に、世論が、赤穂浪士に、あまりに、同情的だったので、柳沢吉保は、あわてて、保身のため、今度は、吉良側に、冷たい仕打ちを、したんです。つまり、前に、浅野家に冷たくしたから、今度は、吉良家に冷たくして、それで、平衡を計ったんですね。そのため、前には、浅野家が断絶して、家臣たちが、路頭に迷った。今度は、吉良家が、断絶させられて、家臣たちが、路頭に迷った。どちらにしても、決めたのは、柳沢吉保です。小説の中で、吉良の家臣たちが、最後に柳沢吉保を、討ち果たすという気持ちは、よくわかるんですよ。人々は拍手喝采する。それが書いてあるので、この小説は、面白いんです」

「しかし、本を出すには、作者の吉良さんに会う必要がありますね。そういっていらっしゃった。なかなか、作者の吉良さんの、承諾がもらえないので、本が出せないで、困っている。朝原さんは、そういって、おられたけど、これから、どうするおつもりですか？」

十津川が、きくと、朝原は、

「実は、いいことを、思いついたんですよ」

「吉良さんの承諾なしに、本を出してしまう。そういうことですか？」

「いや、勝手に、本は出しません。実は、この作品を劇場で、芝居にかけたいという劇団が、出てきましてね。もちろん『逆さ忠臣蔵』ですから、東京の真ん中とか、赤穂では、できませんから、吉良町の劇場で、やることになりました。この芝居が上演されれば、いやでも、吉良さんが出てくるだろう。そして、とにかく、原作者の吉良さんに、芝居を見てもらう。満足してもらえれば、本も、出せますからね。現在、その劇団と、話し合いが、続いています。その劇団で、脚本を書いている人に、この原作を、コピーして、渡してあるんで、すぐに、脚本もできるんじゃありませんか？」

朝原は、嬉しそうに、いった。

3

十津川は、その劇場に、いって、芝居をやるという、劇団員に、会ってみたくなった。何か知っているかも、知れない、そう思ったからである。

劇場は、三河出版から、歩いて十五、六分のところに、あった。

劇場の名前は、常盤劇場。古い、芝居小屋で、ここでは昔から、絶対に、忠臣蔵は、やらなかったという劇場である。

そこで、今度『逆さ忠臣蔵』を、やろうという劇団の、リーダーに会った。

劇団の名前は、三河座。ほとんど、常盤劇場を中心にして、芝居をやり、東京などの都会にはいっていないという。

劇団のリーダーの名前は、前田真一といった。まだ、三十代だろう。劇団員の数は、少なくて、二十五人だという。

十津川と亀井は、前田から話を、きくことにした。

「いい原作を、三河出版の、朝原社長からもらいましてね。ぜひ、これを、芝居にしたいと思って、一気に、脚本を、書き上げたところなんですよ」

前田は、興奮した口調で、十津川たちに、いった。

「原作を、読み終わっての感想は、どんなものでしたか？」

「今もいったように、とにかく、面白い。それに、赤穂浪士を、主人公にした、忠臣蔵があるのならば、その相手の、吉良の家臣を主人公にした『逆さ忠臣蔵』があってもいい。前からずっと、僕は、そう思って、いたんですよ。僕も、この三河の生まれですからね。他所で忠臣蔵が上演されるたびに、どうして、こんな、不公平な話が、喝采されるのかと、思って、切歯扼腕して、いましたからね。やっと、満足できる本に、巡り合ったんです。これだけは、死んでも、やり遂げるぞと、そう思いましたね」

　前田が、いっきに、いった。

「ストーリーには、満足でしたか？　確か、赤穂浪士に同情的な町奉行や、老中を、討ち果たして、最後に、柳沢吉保を討つ。そういう、ストーリーですが、そのことは、どう思いましたか？」

「今も、いったように、ずっと、忠臣蔵の逆を考えて、いたんですよ。吉良家の家臣が、浪人になって仇を討つ。そういうストーリーの本を探していました。問題は、その仇を誰にするかなんですよね。赤穂浪士の場合は、仇の吉良上野介が、生きている。だから、その仇を、討てばいいんですが、吉良家の家臣の方は、浅野家は、なくなっていますからね。誰を仇にしたらいいのかが、わからなくて、僕自身、悩んでいたんですよ。そうしたら、この『逆さ忠臣蔵』では、赤穂浪士を、賞賛して、吉良家を断絶させてしまった、当時の老中、小笠原長重や町奉行の、保田越前守、そして、老中首席の阿部豊後守など、そうした、当時の政治の、中枢にいた人たちを、仇として狙う。そうして、最後には、あの、柳沢吉保を討ち果たす。ああ、確かに、仇討ちとしては、最高だと、思いましたね。どうして、それに、気がつかなかったのか。そう思いましたよ。特に、柳沢吉保は、世間的にも有名だし、仇としては、絶好の大物ですからね。クライマックスに、それを持ってくれば、絶対に、芝居は、面白くなるはずだ。僕は、そう思いました」

前田は、興奮した口調で、十津川たちに向かって、いった。

「脚本が、出来上がったといわれましたが、上演は、いつごろの、予定なんですか？」

亀井が、きいた。

「そうですね。稽古には、最低でも、二週間は必要だから、おそらく、二週間後の、上演になると、思っています。宣伝ポスターは、三河出版さんが、協力してくださるというので、たくさん作りたいと、思っているんですよ」

「原作者の吉良義久さんには、お会いになったことがあるんですか？」

十津川が、きいた。

「いいえ、まだです。ですから、ぜひ、お会いしたいんですよ。会って、話もしたいし、芝居も、見ていただきたいと思って、朝原さんに、頼んでいるのですが、なかなか見つからないそうで」

「その吉良さんですが、現在、記憶喪失に、なってしまっていることは、ご存じですか？」

「朝原さんから、聞きましたが、実際に、まだ、吉良さんと、会っていないので、何ともいえません。それに、こんな、面白い小説を書く人が、記憶喪失とは、ちょっと、考えられませんね。本当に、記憶喪失なんですか？」

前田が、半信半疑の顔で、きいた。

「たぶん、そうだと、思います」

「たぶんというのは、どういうことですか？　刑事さんは、吉良さんに、会ったんでしょう？」

「ええ、会って、話もしていますよ。しかし、記憶喪失が、狂言なのか、本当なのか、まだ、判断が、つかないでいるんです。どう見ても、本当に、思えますけどね。もし、あれが、狂言だったら、すごいもんだ。そう思いますね。それに、狂言だとしたら、どうして、そんなことをするのか理由が、わからない。それで、困っているんです」

十津川は、正直に、いった。

「朝原さんから、吉良さんが、東京で、撃たれたと聞いたのですが、それも、本当の話なんですか？」

「ええ、それは、事実です。撃たれましたが、大した怪我は、しなかった。なぜ、吉良さんが、撃たれたのか、われわれは今、その捜査を、しているわけです。それが、わかれば、すべてが、わかってくるような気がするんですがね」

「今、吉良さんは、この三河に、きていると聞いたのですが、それも、本当ですか？もし、そうなら、ぜひ、お会いしたいと、思っているのですが」

前田が、いう。

「確かに、吉良さんは、三河に、きました。西浦温泉の、ホテルに、泊まった後、湯谷温泉の旅館に、泊まっていたんですよ。そこまでは、われわれも、追いかけたんですが、急に、姿を消してしまいましてね。私たちも、探していますが、三河出版の、朝原社長も探しているはずですよ」

「何か、吉良さんの身に、危険が及んでいるんですか？」

「今のところ、それも、はっきりしません。東京で、吉良さんが、狙撃(そげき)されたのは、事実なんです。それで、私たちは、事件の捜査に、入ったんですが、しかし、その後、命を、狙われたことは、ありません。それを考えると、吉良さんの、記憶喪失は、ひょっとすると、狂言ではないか。そんなふうにも、思ったりしているんです」

十津川が、劇団のリーダーである、前田を見ていて、別に怪しいところは、見つからなかった。

原作者の吉良に会いたいというのも、本当だろう、そう思った。

4

前田と別れた後で、亀井が、十津川に、向かって、

「あの劇団が『逆さ忠臣蔵』を、上演すれば、私も、原作者の吉良が、芝居を見にくるとは、思いますが、しかし、今から、二週間後ですからね。それまで、どうやって、吉良を、探しますか？」

「探す方法は、二つあると、思っている。一つは、藤崎美香だよ。彼女が、吉良と一年前の夏、会っていて、今も、彼女のほうが、吉良のことを好きだというのは、間違いないと思う。吉良のほうは、記憶喪失が、本当なら、彼女のことを、忘れてしまっているだろうが、しかし、彼女と会っているうちに、記憶を、取り戻すことも考えられる。そうなると、藤崎美香を、見張っていれば、吉良が、現れるのではないか？

そういう可能性も、充分にあるんだ」

「もう一つは、どういう方法ですか？」

「弁護士の、三木のり子に会って、話をきく方法だ」

「彼女は確か、吉良が、ある裁判の被告になっていた。そんな話を、していましたね。どこかの会社を、倒産させてしまった責任を問う、そういう、裁判だそうですが」

「その話、本当かどうか、わからないから、直接、三木のり子に会って、きいてみたいんだよ」

と、十津川が、いった。

「じゃあ、東京に戻って、三木のり子という弁護士を探して、彼女と、会おうじゃ、ありませんか？」

亀井が、いった。

十津川と亀井は、急遽（きゅうきょ）、東京に戻った。三木のり子という弁護士は、東京弁護士会に、所属していたからである。

二人は、東京の、四谷にある、法律事務所に、三木のり子を、訪ねていった。

のり子は、十津川たちの顔を見ると、笑って、

「やっぱり、いらっしゃいましたわね」

と、いった。

「どうしても、あなたに、吉良義久のことをききたくて、吉良町から、戻ってきたんですよ。あなたは、いつだったか、私たちに、吉良は、ある裁判の、被告人だった。その裁判は、彼が、使い込みか何かをして、ある会社を、倒産させてしまった。そういう裁判だとお聞きしたのですが、それは、本当ですか？」

十津川が、単刀直入に、きいた。

「もちろん、本当ですよ」

のり子が、いう。

「その裁判で、吉良は、どうしたんですか？　有罪の判決を、受けたんですか？」

「もちろん、有罪でしたよ。ところが、その責任を、取ろうともせずに、彼は、姿を、くらましてしまったんです。それで、私たちは、一生懸命に、彼を探しているんですが、なかなか、捕まえられなくて」

のり子は、眉(まゆ)をひそめて、いった。

「その事件ですが、あなた自身が、その裁判に、関係していたんですか、それとも、この法律事務所として、関係していたんでしょうか？」

「私が、その裁判で、倒産した会社側の、弁護人でした」

のり子が、いった。

「しかし、おかしいですね」

十津川が、首をかしげて見せた。

「何がおかしいんですか？」

「実は、東京に戻って、すぐには、ここにこなかったんですよ。あなたが、最近、関係した事件、あるいは、関係した裁判を全部調べたんです。あなたと、この、法律事務所が、関係した裁判ですよ。今年、去年、そして、二年前と、全部、調べました。しかし、あなたが、関係した裁判の中で、被告人が、吉良義久というのは、一件も、ありませんでしたよ。いったい、どういうことですかね？」

十津川が、いった。

「本当に、調べたんですか？」

「ええ、もちろん、ここ三年間の、あなたと、この法律事務所が、関係した裁判全部です」

「じゃあ、吉良さんの名前がないのも、当然ですよ。私が扱った、その裁判というのは、四年前ですから」

のり子が、いった。

その言葉に、十津川は、ニヤッと笑って、

「実は、あなたが、そういうと思って、五年前から、全部調べたんですよ。それでも、被告人の中に、吉良義久の名前は、ありませんでしたよ」

三木のり子の顔が、赤くなった。

「きっと、見逃したんですよ。四年前の、裁判なんですから、間違いありません。私が会社側を、弁護して、倒産させた、吉良さんが、被告人だったんですから」

三木のり子は、そう、いい張る。

「四年前というのは、どう考えても、納得いきませんね」

「どうしてですか？」

「われわれが、調べた結果、吉良義久さんが、記憶を失ったのは、去年の、夏なんですよ。つまり、その時に、何かの、裁判に巻き込まれた。そう考えざるを、得ないんですよ。だから、あなたがいうような、裁判で、吉良義久さんが、被告人だったのならば、それは、四年前ではなくて、去年の夏の話で、なければ、おかしいんですよ」

「去年の夏じゃありませんよ。四年前なんです。これは、間違いないんですよ。私が、刑事さんに、嘘をいったって、仕方がないでしょう？」

「われわれは、間違いなく、去年の夏、吉良義久さんに、何かがあったと考えています。だから、あなたには、正直に、話してもらいたいんですよ。もし、あなたがいうような、裁判があったのなら、それは、去年の夏でなければおかしい。しかし、去年の夏、あなたと、この法律事務所が、扱った裁判の中に、吉良義久の名前は、なかった。となると、あなたは、われわれに対して、デタラメを、いっているのか、それとも、まったく別の裁判があったということに、なってくるんですけどね。その点は、どうなんですか？」

「ほかの裁判って、どんなことです？　まさか、あの、吉良義久さんが、刑事裁判で、有罪判決を受けたなんて、いうんじゃないでしょうね？」

「それは、ありません。いくら調べても、彼には、前科がない。つまり、刑事事件で、有罪判決を受けたことはないんです」

「それなら、いいじゃありませんか？　吉良さんは、刑事事件で、有罪判決も受けていないし、民事裁判とも、関係していない。それならそれで、結構なことじゃ、ありませんか？」

三木のり子が、開き直ったかのように、十津川に、いった。

「困りましたね。裁判のことを、最初にいったのは、あなたのほうなんですよ。あなたが、吉良という男は、どこかの、会社を潰して、それで、裁判になっている。そういったのは、あなたのほうですからね。もし、何でもないんなら、どうして、あんな嘘を、つかれたんですか?」

「さあ、どうしてでしょう。忘れましたわ。私が関係した裁判で、吉良さんの名前が、載っていなければ、それはそれで、いいじゃありませんか? いくらでも勝手に、解釈してくださっても、結構ですよ」

のり子は、そっけなく、いった。

5

十津川と亀井は、四谷の、法律事務所を出た。

パトカーに戻ると、亀井が、笑いながら、

「あの弁護士さん、ちょっと、怒って、最後には、開き直りましたね」

「それにしても、どうして、開き直ったのかな?」

「われわれが、ここにくる前に、調べて、あの女弁護士さんの、関係した裁判の中に、吉良義久の名前が、見当たらなかった。それをいったから、開き直って、しまったんじゃありませんか?」

「確かに、そうなんだが、それにしても、どうもわからん。あの弁護士さんは、本物の弁護士だ。そして、吉良義久が、去年の夏、突然、記憶喪失に、かかってしまったというのも、本当だ。それなのに、どうして、吉良が、どこかの会社を潰して、裁判にかけられた被告人だというようなことを、いったのだろうか？」

「いくら調べても、あの女弁護士さんの、名前の載った裁判に、吉良義久は、関係していないんです。ですから、彼女のいったことは、嘘ということに、なってきます」

「だから、そこが、引っかかるんだ。なぜ、そんな、嘘をいったんだろうか？　それが、わからない」

十津川が、首を傾げた。

亀井は、パトカーを、発進させてから、

「あの女弁護士さんは、吉良義久の、記憶喪失のことを、知っていますね。そのうえ、どうして、吉良が、記憶喪失になったのか、その原因も知っているような気が、しますが、警部は、どう、思われますか？」

「そうだな。カメさんのいうことも、もっともなような、気がするよ。あの弁護士が、われわれに、嘘をつく必要は、なかった。しかし、嘘をついた。それを考えると、今カメさんがいったように、あの弁護士は、何かを、知っているんだ。記憶喪失のことかも知れないし、ほかのことかも、知れない」

「いくら考えても、ちゃんとした、弁護士が、われわれ刑事に、すぐバレるような、嘘を、どうして、ついたのか？　そこが、わかりませんね」

亀井は、考え込んでしまう。

「彼女は、弁護士だ」

「ええ、そうです。弁護士なんです」

「そうなら、当然、裁判に、結びつく」

「そうですが、しかし、今も、いったように、いくら調べても、あの弁護士の、名前のある裁判に、吉良義久は、関係していないんですよ」

「だが、関係して、いなければ、嘘は、いわないだろう。とすれば、あの弁護士さんは、裁判に、関係しているんだ。そして、その裁判で、吉良義久は、被告人に、なっていた」

十津川は、ゆっくりと、自分にいい聞かせるように、いった。

「しかしですね。その裁判は」

亀井が、首をふる。

それを、遮るようにして、十津川は、

「私は今、こんなことを、考えたんだ。正式な裁判じゃない、そんな、裁判があるんじゃないだろうか？　その裁判で、吉良義久は、被告人だった。そして、その裁判で、あの、三木のり子が弁護を引き受けた」

「よくわからないんですが、正式ではない裁判とは、いったい、どんな、裁判なんですか？」

「秘密裁判だよ」

十津川が、短く、いった。

「秘密裁判って、どんな、裁判を警部は、考えて、おられるんですか？」

「いいか、カメさん。私はね、吉良義久が、どうして、記憶喪失になってしまったのか、それを、考えているんだ。それは、何か、大きな、恐怖からじゃないのか、私は、そう考えている」

「しかし、警部は、東京で、狙撃されたこととは、考えて、いないんでしょう？」

「去年の夏、吉良は、湯谷温泉で、あの小説を、書いていた。そこで、藤崎美香に会った。二人が、愛し合ったのは、間違いない。ところが、その途中で、突然、吉良は、記憶喪失に、なってしまった。だから、その時、何か大きな、恐怖に、襲われたんじゃないか、そう考えるんだよ。その恐怖が、裁判と結びついて、いるんじゃないか？

しかし、普通の裁判なら、弁護士がつくし、ちゃんとした、裁判官もいる。そんな裁判で、記憶喪失に陥るような、大変な恐怖を、感じるとは、どうしても思えない。だから、私は、秘密裁判じゃないか、そう考えて、いるんだ」

「正規の法廷ではない、闇の裁判、みたいなものですか？」

「そうだ。誰かが、その、闇の裁判を開き、その裁判で、吉良義久は、被告人席に、座らされた。どうしても彼は、弁護士を、頼みたいといい、三木のり子が、その弁護士になった。しかし、正式の裁判じゃないから、たとえば、裁判官が、彼に向かって、有罪判決を、いい渡し、死刑を宣告したとする。刑務所なんかには、送られず、秘密のうちに、殺されてしまう。そんな、死刑判決だよ。当然、吉良義久は、大きな恐怖に、襲われた。あるいは、その秘密裁判で、彼が死刑になる寸前まで、追いつめられたのかも、知れない。それで、記憶喪失に、なってしまった。そうなると、死刑を、宣告した裁判官も、彼を殺す、必要が、なくなってしまって、解放した。そういうことを、考えたんだが、少しばかり、飛躍しすぎているかな」

十津川は、そんなことを、いった。

「今、湯谷温泉で、小説を書いている吉良義久のことを、考えているんですが、確か、一ヵ月の予定で、小説を書き上げたら、ある日突然、旅館から、どこかに、いってしまった。そういうことでしたね？」

「その時に何かがあって、吉良は、記憶喪失に、なってしまった。だから、今年、藤崎美香に会っても、彼女のことを、覚えていなかった」

「つまり、去年、彼が、湯谷温泉から、どこかにいってしまった。小説を書き上げてから、いなくなった。その後、警部のいわれる、秘密裁判に連れていかれて、あるいは、自分から、いって、そこで、大きな恐怖を感じて、記憶を失ってしまった。警部が、考えているのは、そういうことになりますか？」

亀井が、復唱するように、いった。

「そんな、ストーリーを、考えているんだがね。しかし、これには、何の証拠もない」

「それにもう一つ、そうした、秘密裁判に、現職の、弁護士が、出てくるものでしょうか？」

「その時は、三木のり子、個人として出たと思うんだ。あの法律事務所の一員として、いったのじゃない」

「しかし、彼女を、いくら責めても、警部のいわれる、秘密裁判のことは、何も、話さないと思いますよ。それに、秘密裁判といっても、彼女が、知らないといえば、それ以上は、きけませんよ。架空の話みたいなものですから」

「それは、わかっている」

「誰が真相を、話してくれるでしょうか？　あの女弁護士は、いくら、責めても、真相を、話してくれそうに、ありませんし、吉良義久は、肝心の記憶を、失ってしまっているんですから、自分が、巻き込まれた、秘密裁判のことなど、覚えていないんじゃありませんか？」

「確かに、カメさんのいうとおりなんだ。私はね、今、自分で、秘密裁判といったようなことを、口にしたが、正直にいって、自信がないんだよ。そんなことが、実際に、あったのかどうかも、わからないし、もし、あったとしても、それを、証言してくれそうな人がいない。三木のり子は、もちろん、証言など、しないだろうし、吉良義久は、記憶を失っているからね。それを考えると、八方塞がりに、なってしまうんだ」

「日本の、闇の部分に、詳しい人間が、どこかにきっといるはずですから、そいつを、探し出してきて、何とか、話をきこうじゃありませんか？」

亀井が、いった。

6

十津川は、捜査本部に戻ると、刑事たちを動員して、亀井のいった、日本の、闇の部分に通じている人間を、探させることにした。政治家、暴力団、右翼、左翼、それに、法律の専門家たち。

十津川は、部下たちに、それらしい人物、全員に、当たってもらったが、なかなか、こちらの知りたい話を、きくことはできなかった。

十津川が、諦めかけた時、十津川宛てに、一本の電話が、入った。

それは、中年の、男の声だった。

「何か、秘密裁判のことで、知りたいそうだが」

と、相手が、いう。

「あなたは、それについて、何か、知っているんですか？」

十津川が、きいた。

「知っているといえば、知っている。ただ、何もなしに、その話は、したくない。取り引きならば、してもいい」

相手の男が、いった。

「いったい、何が、望みですか？」

十津川が、きいた。

「それより、取り引きは、できるのか？　まず、それから、ききたい。たとえば、警察の情報を流してくれるとか、そういうことが、できるのかね？」

「それはできないし、それを、する気もない」

十津川は、突き放すような、いい方をした。

その瞬間、いったん、男の声が、消えたが、しばらくして、

「それなら、金銭の取り引きをしたい」

と、相手が、いった。

「いくら欲しいんだ？」

十津川は、少しばかり、ぞんざいな、口調になって、いった。

どうも、秘密裁判のことを、知っているようには、おもえなかったからである。

しかし、男のほうは、

「そうだな。百万円。それ以下では、この取り引きは、断る」

「いいだろう。百万円払えば、いいんだな？」

十津川は、いった。

もちろん、その金は、妻の直子に、出してもらうつもりだった。

「本当に、百万円払えるのか？　日本の警察には、そんな、余裕があるのか？」

馬鹿にしたように、相手が、いった。

「私のポケットマネーだ」

十津川は、いった。

「百万円、いつ払える？」

「明日」

十津川は、短く、いった。

「では、明日、新宿の、レモンという喫茶店に、百万円を、持ってきてくれ。それを見たら、あんたの欲しがっている、情報を渡す。明日の午後一時、新宿東口の、喫茶店レモンだ。間違えるなよ」

男は、繰り返した。

「君がどんな人間か、わからないが」

十津川が、いうと、

「私のほうは、君の顔を、知っている。だから、私のほうから、声をかけるよ」

と、相手が、いった。

7

翌日、妻の直子に、百万円を、用意してもらって、十津川は一人で、新宿に、出かけた。

こんな時、妻の叔母が、資産家だということは心強い。

新宿東口の、雑居ビルの五階に、レモンという喫茶店が、あった。

十津川が、窓際の席に、腰を下ろして、待っていると、約束の時間を、十五、六分過ぎてから、急に、目の前に、男が立ちふさがった。

立ったまま、その男は、

「十津川さんだね？」

と、いい、十津川が、うなずくと、向かい合って、腰を下ろした。

五十歳ぐらいの、これといって、特徴のない顔が、そこにあった。

「十五分遅れているぞ」

十津川が、文句をいうと、相手は、笑って、

「十五分間、あんたを、観察していたんだよ。近くに、刑事がいると、ちょっと、困ったことになるからね」

「そんなマネはしない」

十津川は、いい、百万円の入った、封筒を、男の前に置いた。

「これで、こっちの知りたいことを、教えてもらえるんだろうね？」

「私の知っていることは、全部話してやるよ。しかし、私の知らないこともある」

と、男が、いった。

「吉良義久という男がいる。吉良上野介の、吉良だ。その男が、ひょっとして、秘密の裁判に、かけられたのじゃないか？　そして、そのために、記憶喪失に、陥ったのではないか？　そう考えられるフシが、あるんだ。この件について、何か、知っているか？」

十津川が、きいた。

「もし、知らないといったら、この百万円は、返せというのか？」

「いや、別に、返せとはいわない。ただ、相手を、間違えた。そう思って、黙って、帰るだけだ」

十津川が、いうと、男は、また小さく笑って、

「気に入ったな。刑事にしては、珍しい」

「誉められても困る。それより、こちらの質問に答えて欲しい。今いった、吉良義久という男だ。その男が、秘密の裁判に、かけられたんじゃないか？　それには、たぶん、三木のり子という、現職の女性弁護士が、関係している。そう思っているんだが、この件を、何か君は、知っているか？」

「その件なら、知っている」

「本当に、吉良義久は、秘密裁判に、かけられたのか？」

「私は、その当事者じゃない、だから、聞いた話だ。それを、そのまま、伝えるしかないが、それでもよければ、話をする」

男が、いった。

「じゃあ、話してくれ」

「確か、一年前の夏だ。正確な日付は、わからない。ある男がいた。金もあり、権力も持っている男だ。その男は、吉良義久という人間の話を、聞いた。その吉良という男は、何でも、忠臣蔵を、逆さまにした、吉良の家臣が、亡くなった主君のために、仇討ちをする。つまり『逆さ忠臣蔵』という小説の、原稿を書いている。そういう話をきいた。男は、それが、許せなかった。だから、吉良を消す決心をして、金でどうにでもなる人間を、雇って、その吉良義久を誘拐した。その男は、形式を、重んじる人間なので、自分の知り合いの現職の、弁護士を用意した。そして、吉良義久に対する、裁判を開いたんだ」

「どんな、裁判だったんだ？」

「その途中の話は、わからないが、最後に、裁判官になった男が、吉良義久に、宣告した。お前が、忠臣蔵を、冒瀆するような『逆さ忠臣蔵』といったような、小説を書いたことは、絶対に許せない。だから、お前は有罪だ。そして、死刑。彼は、そう宣告した。刀が、用意され、まず、許されない小説を、書いた、お前の指を、一本ずつ切っていく。そう宣告した。その後、実際に、刀が持ち出され、その吉良義久という男の、腕が押さえつけられて、指が切られそうになった瞬間、悲鳴が、上がって、吉良義久は、恐怖のあまり、記憶を、失ってしまった。その時、そこにいた現職の弁護士、名前は、わからないが、その弁護士は、被告人が、精神障害を起こして、記憶を失ってしまったので、有罪判決は撤回して欲しいといった。しかし、本当に、記憶を失ったか、どうかは、わからない。それで、吉良は、二日間、いや、一週間かな、地下に、閉じ込められていた。その後、本当に、記憶を失ったことが、確認されたので、秘密法廷は、記憶喪失のため、無罪。そう宣告して、吉良義久は、いったん、解放されたんだ」

「しかし、その後、東京で、吉良は、何者かに狙撃されている。それは、どう、説明するんだ？」

十津川が、きいた。

「その裁判を、起こした、金もあり、権力もある男だがね。その男のことを、尊敬している人間というか、あるいは、御機嫌を、取ろうとする人間がいる。その人間が、男に気に入られようと思って、吉良義久を、撃った。今のところ、そう、信じられているがね」

「もう一つ、ききたい。秘密裁判で、吉良義久は、無罪になったんだろう？　記憶を取り戻したら、どうなるんだ？」

十津川が、きいた。

「精神障害を起こして、記憶を失った。だから、無罪という、判決を受けたんだ。記憶を取り戻せば、当然、有罪に、なる。その時こそ、間違いなく、死刑になるだろうね」

男は、冷静な口調で、いった。

「最後に一つ、秘密裁判を、起こした男だが、名前は、教えてもらえないのか？」

「私も、名前は、知らないんだ。ただ、今もいったように、金があって、権力もある。そういう男だということだけは、知っている。後は、そちらで、調べてみればいいだろう」

男が、突き放すように、いった。

第六章　賭ける

1

十津川は、捜査本部に戻ると、妙な男からきいた話を、そのまま、部下の刑事たちに伝えた。

「この話を、どう受け取るか、それを遠慮なく、いってもらいたいんだ」

十津川は、刑事たちの顔を見回して、いった。

「警部自身は、その男の話を、どのように、思われたのですか？　まず、それを、教えてください」

西本刑事が、いった。

「正直にいって、私は、真偽のほどを、計りかねている。しかし、これが、事実ならば、いや、事実として受け取って、今後の捜査をしなければならない。そう思っている」

「警部が、その男の話が、本当かも知れない。そう思われた理由というのは、いったい何ですか？」

「その男が要求した、金額だよ。普通なら、一千万円、二千万円と、大金を要求するはずじゃないか？　もし、嘘ならば、一か八かで、大きな金額を、要求するはずだ。しかし、その男が、要求したのは、百万円なのだ。そのせいで、私は、この男の話は、本当かも知れないなと、そう思ったんだ。おそらく、その男にとって、百万円という金額自体は、そんなに、大事じゃないんだ。刑事の私に、問題の裁判について、話したかったんじゃないだろうか？　男と話しているうちに、私は、そんな、気がしてきたんだよ。男は、その話の中で、吉良義久は、秘密裁判で、有罪判決を、受けたといっている。ただ、彼が、あまりにも、強い恐怖を受けたために、記憶喪失に、なってしまった。だから、殺さなかった。しかし、記憶を取り戻したら、有罪判決を受けているのだから、その時点で、死刑が執行される。その男は、そんなふうにいったんだ。つまり、百万円を得るよりも、その男は、この話を、私にしたかったんだよ」

「その秘密裁判ですが、三木のり子という、例の女性弁護士も、それに、参加しているみたいですね？」

日下刑事が、きく。

「そうだ。あの女性弁護士が、参加していることは、間違いない。なぜ、彼女が、その裁判に参加したのかは、わからないが、しかし、男の話では、その裁判を、主宰した男が、すべて形式どおりにやりたい。そういって、弁護士の三木のり子を参加させた。男は、そういっていた」

「警部は、これから、どうなると、お考えですか？」

三田村が、きいた。

「その裁判を主宰した人間は、権力も金もあり、そして、何よりも忠臣蔵の、狂信的な信奉者だと、男は、いっていた。だから、吉良義久が『逆さ忠臣蔵』のような、小説を書いたことが許せなかったのだろう。だから、吉良が去年の夏、湯谷温泉の旅館で『逆さ忠臣蔵』を書いているのを知って、監視していたんじゃないのか？　そして、その小説が、完成したということをきいて、その権力者は、吉良義久を誘拐したんだ。そして、秘密裁判にかけた。その結果、恐怖から、吉良は、記憶喪失になった。それで無罪になって、帰されたのだが、記憶喪失の結果、自分が『逆さ忠臣蔵』を書いていたことを忘れ、また、湯谷温泉で、親しくなった、そば屋の娘、藤崎美香のことも、覚えていなくて、二人の関係が、気まずくなってしまった。問題は、吉良の書いた『逆さ忠臣蔵』が、三河出版で本になり、また、吉良町の、常盤劇場で上演される。

今いった権力者、忠臣蔵の狂信的な信奉者の人間が、果たして、それを、黙って見ているかなということなんだよ」

「もちろん、黙っては、いないんじゃありませんか？」

三田村が、いった。

「私も同感だ。三河出版のほうは、今すぐ、本を出さないから、狙われるのは、常盤劇場の支配人と、それから『逆さ忠臣蔵』を上演しようとしている劇団三河座だよ。そのいちばん狙われやすいのは、その三河座の、リーダーである前田真一だ。そして、団員の二十五人も、狙われる恐れがある」

「警部は、どうしたらいいと、思われますか？」

亀井刑事が、きいた。

「私にも、考えていることがあるが、まず、カメさんの考えがききたいな」

十津川が、逆に、亀井に、きき返した。

「今、警部がいわれたように、確かに、三河出版のほうは、今すぐには『逆さ忠臣蔵』を本にはしませんから、今、この時点で狙われることは、まずないだろうと、思います。狙われるのは『逆さ忠臣蔵』を、上演しようとしている常盤劇場の支配人と、三河座の劇団員だと思いますね。これは心配ですが、私は同時に、犯人を逮捕する、絶好の機会であるとも、考えます」

亀井が、力をこめて、いった。

「その点も、同感だよ。しかし、このまま見ているわけにもいかないだろう。それで、どうしたらいいか、それを、君たちに相談したい」

と、十津川が、いった。

「吉良町にある常盤劇場と、それから、常盤劇場で『逆さ忠臣蔵』を上演しようとしている三河座に、刑事を、張り込ませたらどうでしょうか？」

「その常盤劇場の社員の中に、刑事を、忍び込ませるべきです。三河座という劇団には、二十五人の劇団員が、いるようですが、その中にも、刑事を、忍び込ませたら、どうですか？」

「私も、今、きみたちがいったことに、同感だ。西本刑事と日下刑事の二人は、常盤劇場の社員として、明日から、入り込むこと。それから、三田村刑事と北条早苗刑事の二人は、劇団三河座の、団員の中に入り込め。双方には、私のほうから、話をつけておく」

と、十津川は、いった。

2

十津川は早速、常盤劇場の、柴田という支配人と、劇団三河座のリーダー、前田真一に、電話をかけた。

こちらで、考えていることを説明し、それぞれに、二人ずつの刑事を、受け入れてくれるように、頼んだ。

最初のうち、十津川の話を聞いた、柴田支配人も、劇団三河座のリーダー、前田真一も、半信半疑のようだった。そんな、秘密の裁判のようなことは、小説の上では、あり得ても、実際には、あり得ない。二人とも、そう思ったのだろう。

しかし、十津川が、丁寧に説明しているうちに、何とか、理解してくれて、明日から、二名ずつ、刑事を、受け入れることを、承知してくれた。

翌日、四人の刑事が、東京から、三河に向かって、出発していった。

東京に残った、十津川と亀井は、もう一度、四谷にある、法律事務所に、三木のり子を、訪ねてみることにした。

十津川は、三木のり子に会うと、

「昨日、妙な男に、会いましてね。その男に、金を払って、話をききました」

と、切り出した。

のり子は、黙って、十津川の話を、聞いている。

「その男は、私に、こんな、話をしたんですよ。名前は、教えられないが、権力があり、金もあり、そして、狂信的な、忠臣蔵の信奉者がいる。その男が、吉良義久の話をきいた。吉良が『逆さ忠臣蔵』という小説を書いていることを、知ったその男は、吉良のことを、絶対に許せないと思って、吉良を誘拐して、秘密裁判にかけることにした。ただ、その男は、形式どおりに、やりたいといい、その裁判に、あなたを、弁護士として呼んだ。その男とあなたが、いったい、どんな関係にあるのかは、私には、わからない。しかし、検事と弁護士が、揃って、吉良義久の裁判が、秘密裏におこなわれた。その結果、有罪の判決が下り、死刑が宣告される。そして、吉良義久は、殺されかけたが、あまりの恐怖から、彼は、記憶喪失になって、しまった。そこで、弁護士のあなたは、こういう状況では、吉良に、有罪判決を宣告することはできないと主張した。そのため、吉良は、解放されたが、しかし、自分が『逆さ忠臣蔵』という小説を書いたことも、また、湯谷温泉で、藤崎美香という、女子大生と仲良くなったことも、忘れてしまった。今いった、男の話してくれたこと、秘密裁判や、あなたが弁護士として雇われたこと、これは事実でしょうね？」

　十津川が、きいた。

「それは、完全な、デタラメですよ」

　三木のり子は、笑いながら、いった。

「たぶん、その男は、頭の中で考えたデタラメな話を、あなたにして、百万円を、巻き上げたんですよ。第一、この世の中に、秘密裁判なんていうものが、あるわけがないじゃありませんか？」

「ちょっと待ってくださいよ。今、あなたは、その男が、私から、百万円を、巻き上げたとおっしゃいましたね？　どうして、あなたは、百万円というその金額を、ご存じなのですか？　確かに、私は、百万円を、その男に渡しましたが、その金額については、一言も、あなたには、いっていませんよ」

　十津川が、笑いながら、いうと、逆に、三木のり子の顔が、強ばってしまった。

「私が、昨日会った男の話が、もし、本当だったとしても、私には、あなたを、とがめる気はありませんよ」

　十津川は、努めて優しく、三木のり子に、いった。

「たぶん、あなたは、力ずくで、その、秘密裁判がおこなわれた場所に、連れていかれたんでしょうからね。ただ、私としては、もうこれ以上、犠牲者を出したくないのですよ。その男がいうには、吉良義久は、記憶喪失になったから、殺されずにすんだ。しかし、記憶喪失が、治って記憶を取り戻した時には、判決が有効だから、死刑の判決に、なってしまう。そんなことを、いっているんですよ。その上、もう一つ、心配があります。吉良義久が書いた『逆さ忠臣蔵』ですが、あと半月後に、三河の、吉良町の常盤劇場で、脚色されたこの小説が、上演されるんです。当然、吉良義久を、裁判にかけた男は、この劇場と劇団を、許しはしないでしょうから、再び誘拐する可能性が、あるんです。それを、よく考えて、みてくれませんか？　今もいったように、これ以上の、犠牲者は、出したくないんです。そのためには、本当のことが知りたい。この秘密裁判を開いた男は、どこの誰なのか？　なぜ、そこまで、狂信的な行動を取るのか？　そういうことを、知りたいのですよ。あなたなら、少しは知っているでしょうから、話してもらえませんか？」

十津川は、まっすぐに、のり子を見た。

「正直にいって、私は、ほとんど、何も知らないんですよ」

三木のり子が、いう。

「しかし、その秘密裁判には、弁護士として参加しているんですよね？」

「ええ。でも、それも、無理矢理、誘拐されるようにして、連れていかれたんです。何も、私のほうから、積極的に、参加したというわけではありません」

のり子は、ため息まじりに、いった。

「それなら、なおのこと、話しやすいんじゃありませんか？」

十津川が、いったが、のり子は、答えようとしない。

「その秘密裁判に、あなたが、弁護士として参加したことは、認めるんですね？」

「ええ、それは認めます。何しろ、仕方がなかったんです」

「では、その秘密裁判が、どこで、開かれたのか、まず、そのことから、教えてもらえませんか？」

十津川が、いうと、のり子は、当惑した顔になって、

「今もいったように、突然、誘拐されるようにして、その場所に、連れていかれたのです。ですから、その場所が、どこの、何というところなのかは、まったく、知りませんでした。吉良義久さんだって、まったく、知らなかったと思いますよ」

「では、どんな裁判だったのか、それを詳しく話してもらえませんか？」

と、十津川が、いった。

「場所は、どこかの、地下でしたね。そこに、吉良義久さんが連れてこられて、私よ

りも、先にきていましたね。そこに、私が、連れていかれた。正面に、問題の権力者というか、忠臣蔵の、狂信的な信奉者の男がいましたよ。しかし、光が、うまく調節してあるとみえて、吉良さんや、私のいるところからは、その男の顔が、よく見えないんですよ。そして、その男のほかには、検事役が、一人いました。その人がまず、吉良義久さんに対する、告発状を読み上げたんです」

「それは、どんな文書に、なっていたんですか？」

「詳しくは覚えていないんですけど、とにかく、忠臣蔵というものは、神聖なものであって、それに対して、異議を唱えることは、絶対に許されない。もし、忠臣蔵に、異議を唱えたり、けなすような作品を、書くような人間がいたら、その人間に対しては、有罪をいい渡すより仕方がない。今、被告人は、忠臣蔵をひっくり返すような『逆さ忠臣蔵』と称する作品を書いた。これは、絶対に許されないことであって、有罪判決が、相当である。そして、有罪判決は、死刑である。そう論告しましたね」

「その後、あなたが、弁護人として、弁護したわけですね？」

「ええ。でも、うまくは、いえませんでした。何しろ、今もいったように、突然、誘拐されて連れていかれて、いきなり、さあ、これから裁判だと、いわれたんですものね。それでも、何とか、弁護をしたんですけど、その後で、正面に座っていた裁判長が、判決を下したんです。もちろん、有罪で、死刑という判決でしたわ」

「それから、どうなりました？」

「有罪判決を受けたその後で、二人の若い男が、出てきました。黒い覆面のようなものをしていて、いわゆる、黒子（くろこ）というんでしょうかしら、そういう格好をした二人の男が、大きな刀を持ってきたんです。あれは、間違いなく、真剣でした。裁判長に当たる男が、その二人に、こう、命令したんですよ。被告人は、日本の宝である、忠臣蔵を、冒瀆（ぼうとく）するような小説を書いた。だから、まず、その小説を、書いた五本の指を、切り落とす。その後で、この男は、絞首刑にすると、いったんです。そして、二人の男が、ギラギラする刀を持ち出した。一人が、吉良さんの手を、押さえつけ、そして、刀を持った男が、それを、振りかざした。途端に、吉良さんが、悲鳴を上げたんですよ。そして、あまりの恐怖からだと、思うのですが、突然、錯乱状態になって、話すことがトンチンカンになってしまいましてね。誰が見ても、記憶を失ってしまったとしか、思えませんでした。だから、私が、吉良さんのために、弁明したんです。実際の裁判では、この人のように、記憶を失ってしまった人間は、有罪判決は受けない。もし、裁判長が、忠臣蔵が好きならば、当然、こうした国の法律を守っていただきたい。赤穂浪士も、当時の法律に喜んで服したのだから。私は、そういいました。

そうしたら、裁判長の男が、有罪を撤回して、心神喪失のため、無罪といったんですよ。それを聞いて、私は、ホッとしました。でも、裁判長は、続けて、こうもいいました。もし、記憶喪失が治って、記憶を、取り戻した時には、当然、死刑の判決が、有効になって、この吉良という男は死ぬことになる。それが妥当だと、裁判長が、いったんですよ。その後、私と吉良さんは、解放されました」

「じゃあ、あなたもまた、吉良義久と、同じように、犠牲者じゃありませんか？　それなら、どうしてすぐ、警察に、届けなかったのですか？」

と、十津川が、きいた。

のり子は、苦笑して、

「だって、こんなことを、警察にいったとしたって、絶対に、信用してもらえないでしょう？　あまりにも、荒唐無稽な話なんですもの。だから、私は、警察には、いわなかったんですよ」

「問題の裁判長、検事、そして、二人の黒子ですか、その四人について、もし、似顔絵が描けるのなら、描いてください」

十津川が、いって、スケッチブックを持ち出した。

のり子は、4Bの鉛筆を手に取って、しばらく考えていたが、

「裁判長役の男ですけどね、今もいったように、私や吉良さんからは、照明を調節したところに、腰を下ろしていたので、顔は、よくわからないんですよ」

「声は、覚えていますか？」

と、十津川が、きいた。

「ええ、かなり、特徴のある声だったから、覚えています」

「それでは、検事と黒子の二人、この三人は顔を、見ているんでしょう？」

「ええ、見ていました」

「じゃあ、この三人の、似顔絵を、描いてください。もし、絵を描くのに自信がなければ、絵のうまい刑事を、呼んできて、手助けさせますよ」

と、十津川が、いい、その刑事を、連れてきた。

一時間ほどして、問題の、三人の男の、似顔絵ができ上がった。

十津川と亀井は、三木のり子に、礼をいってから、

「これで、あなたも、危険な状況になったと思いますから、気をつけてください」

と、注意した後で、

「この後、少しでも、何かわかったら、私に必ず電話をしてください」

そういい残してから、十津川と亀井は、捜査本部に戻った。

3

その頃、四人の刑事たちは、吉良町に、着いていた。

四人は、吉良町にある、常盤劇場に向かった。劇団三河座の団員たちも、現在、常盤劇場に、泊まり込んで、稽古をしていると聞いたからである。

西本と日下の二人の刑事が、常盤劇場の支配人、柴田健一郎に会って、これからは、劇場の社員として、働くことにしたいと、いった。

三田村と北条早苗のほうは、劇団三河座のリーダーである前田真一に、まず、挨拶した。

「私たちは、舞台に、上がるほどの力はありませんが、しばらくの間、劇団員の中に、入れておいてください。足手まといになるかも知れませんが、寝泊まりも、ここの劇団員の、皆さんと一緒にしたいし、稽古も、一緒につけてください」

三田村が、前田に向かって、いった。

その日から、西本と日下の二人は、支配人柴田の下で働くことになり、三田村と北条早苗の二人は、劇団員の中に、加えられた。

夕方になって、常盤劇場の事務所のほうに、東京の、十津川から、三人の男の、似顔絵が送られてきた。

その直後に、西本に、十津川から、電話があった。

「三人の男の似顔絵は、すでにそちらに届いていると思うが、その中の一人は、私と亀井刑事が、湯谷温泉の近くの東照宮で会った男なんだ。ＡＢＣのＣの男だよ。その男は、ずっと、吉良義久を、尾行していたと思われる。たぶん、今度は、その三人が、吉良町に、いくだろう。その三人以外にも、共犯者がいると、思わなければいけない。その連中は、おそらく、常盤劇場の支配人である、柴田健一郎か、あるいは、劇団三河座の、リーダーの前田真一や、あるいは、何人かの、劇団員を誘拐する恐れが、充分にある。そして、彼らは、誘拐した人間を、秘密の裁判にかけるつもりでいる。だから、今日から警戒を厳重にして、欲しい」

と、十津川は、いった。

「確か、吉良義久は、彼の書いた『逆さ忠臣蔵』という小説が、完成した直後に、誘拐されたんでしたね？　だから、いまだに、本としてこの『逆さ忠臣蔵』は出版されていない。そうでしたね？」

西本が、四人を、代表する形で、十津川に、きいた。

「君のいうとおりだ。だから、劇団三河座が『逆さ忠臣蔵』を、上演する前、たぶん、その直前に、誘拐が、あると思っている。そのつもりでいてくれ」

「送られてきた、似顔絵ですが、検事役の男は、顔が、はっきり出ていますから、わかるのですが、ほかの二人は、芝居の黒子のように、顔に黒いものを、被っていますから、顔がはっきりとしませんね」

日下が、いった。

「確かに、そのとおりなんだ。黒子に扮した、二人は、確かに、顔がよくわからない。しかし、そこに、添え書きしたように、二人の身体的な特徴は、書いておいた。一人は、身長百八十センチくらいで、もう一人は、百七十五、六センチ。二人とも痩せ形だ。それに、敏捷な感じを受ける。その上、その二人は、刀を取り出して、吉良義久の指を、一本ずつ切り落とそうとした。それで、吉良義久は、あまりの、恐怖から、記憶を失ってしまったんだ。だから、その二人は、危険人物だと、思わなければいけない」

「吉良義久は、いきなり殺されそうになったのではなくて、誘拐され、裁判にかけられたんですね？」

三田村刑事が、きく。

「そのとおりだよ。それに、三木のり子という女性弁護士も、誘拐されて、その秘密裁判では、無理矢理、弁護士を、やらされている。つまり、この背後にいる、権力者は、意外に、几帳面なんだ。自分の気に入らない人間を、いきなり、殺してしまうのではなくて、まず、裁判にかけている。弁護士つきでね。そういうところは、人を殺すにしても、その前に、裁判の形式を取ろうとしている」

「いやな男ですね」

三田村が、いった。

「確かに、いやなやつだ。だが、権力を持ち、金もあり、そして、忠臣蔵の、狂信的な信奉者でもある」

と、十津川が、いった。

「それでは、こちらの、常盤劇場の支配人も、劇団三河座の劇団員たちも、いきなり、殺されることは、ないんですね。吉良義久のことを考えると、まず誘拐して、裁判にかけ、そして、有罪判決を下してから、その相手を、殺すという、そういう連中なんですね。そうみて、いいんでしょうか？」

北条早苗が、電話で、十津川に、確認した。

「今までは、少なくとも、そうやっている。だから、今度もおそらく、そうやるだろう。たぶん、この誘拐劇を、計画した男は、型にはめて、自分の意志を、貫きとおそうとする。そういう男なんだ。そうやって、自分を正当化しているんだよ」

「こちらからも、ひとつだけ、お願いがあるんですが」

と、早苗が、いった。

「どんなことだ？」

「もし、吉良義久が、見つかったら、こちらに連れてきて、欲しいんですよ。こちらで事件が起きれば、彼に、それを、見せたいんです。そうすれば、記憶喪失が、治るかも知れませんから」

と、早苗が、いった。

現在、常盤劇場は、何もやっていなかった。支配人の柴田健一郎にしてみれば、二週間後に『逆さ忠臣蔵』が、上演されることになっている。

劇場側としては、それに備えて、支配人の柴田健一郎や、ほかの社員たちが、ポスターを作ったり、もっぱら、宣伝に、歩いていた。

西本刑事と日下刑事も、社員たちの中に入って、それを、手伝うことになった。

一方、劇団三河座のほうは、各自にでき上がった脚本が配られ、常盤劇場を、使っての、稽古が始まった。

劇団員の一人になった、三田村刑事と北条早苗刑事にも、本が与えられ、一緒に、稽古をすることになった。

といっても、二人は、しょせん、素人である。だから、二人に与えられた役は、端役のまた端役というものだった。

リーダーの前田真一が中心となって、本読みから始まった。

第一幕は、元禄十五年十二月十四日夜、赤穂浪士の、討ち入りから始まる。

「よく知られた、討ち入りの場面だが、うちの芝居では、主役は、赤穂浪士ではなくて、弱冠十八歳の吉良左兵衛（さひょうえ）義周である。義周は、上杉家から、吉良上野介のところに、養子にきた若者である。木原君」

前田真一は、その義周役の、若い劇団員に声をかけた。

「君は、上杉家から、養子にきた男で、まず、第一に、華やかでなければならない。この夜、君は、養父の、吉良上野介を守って、討ち入ってきた、赤穂浪士と戦う。不意をつかれたので、君は、寝間着姿で、奮戦するのだが、その寝間着も、いかにも、上杉家十五万石からきた養子らしく、華やかなものを使う。それから、武器は、人一倍、長い刀を使う。赤穂浪士の中では、剣の達人といわれる、不破数右衛門と、まず斬り合う。相手が『何者？』と、声をかける。その時、君は『吉良左兵衛義周である。

養父、吉良上野介を、むざむざ赤穂浪士に渡してなるものか』そういって、まず、不破数右衛門と斬り結ぶ。浪士側は、焦って、それに堀部安兵衛が加勢して、二人で左兵衛義周を、斬り立てていき、義周は、その場に、倒れてしまう。まず、そこから始めよう」

リーダーの前田が、いった。

まず、三人による殺陣が、稽古された。

義周役の木原が持つのは、普通の刀よりも、長い長刀である。それを振り回して、不破数右衛門と堀部安兵衛と、斬り結ぶことになる。

「君の役、左兵衛義周は、何しろ、米沢藩十五万石の当主の次男坊で、そこから、吉良家に養子に、きたことになっているから、とにかく、華やかに、華やかに、ということにしたい。君が華やかに、見えれば見えるほど、その後の悲劇が、より悲劇に、観客には映っていく。それを考えてやって欲しい」

前田は、そう、木原に、いった。

義周は、二人の赤穂浪士と、斬り結んでいて、眉間を割られ、その場に、気を失って倒れてしまう。

次の場面では、当時、幕府の実権を握っていた、柳沢吉保が、最初、世間を騒がせたとして、赤穂浪士に、重罪を与えようとするのだ。

しかし、前に、殿中で刃傷沙汰を起こした浅野内匠頭に、切腹をさせ、吉良家には、何のお咎めもなく、処したことが、今になって響いてきて、世の非難を浴びてしまう。吉保は、自己保身のために、吉良家の養子、義周を、父親を守れなかったという咎で、家禄没収の上、信州、諏訪に配流してしまう。

その上、吉良家の家禄が、没収されてしまったので、家臣たちは、一夜にして、路頭に迷ってしまう。これこそ、幕府のご都合主義で、吉良家の家臣は全員、浪人になってしまったのだ。

その中から、十二月十四日の、赤穂浪士の討ち入りの時に、奮戦して、亡くなった、清水一学たちの息子たちが、密かに集まって、今度は、その遺児たちが、幕府のご政道に対して異議を唱えて決起する。

それがすなわち『逆さ忠臣蔵』である。

リーダーの前田が、序幕からのストーリーを、劇団員たちに説明していった。

柳沢吉保をはじめ、老中、町奉行たちは、前の、浅野内匠頭の刃傷の時に、浅野家を断絶させてしまった。そのために、世間の批判を浴びている。

そこで、今度は、そうした批判を、かわそうとして、吉良家に対して、厳しく、当たってきた。

「政治というものは、いつも、そんなものだ。政治家たちは、何とかして、世の非難を免れようとして奔走する。それに対して、今度は、吉良家の浪士たちが決起する。そのことが、観客にもよくわかるように、劇を進行させたい」

前田は、劇団員に向かって、そう説明した。

一方、常盤劇場の社員になった、西本と日下の二人は、支配人の柴田に協力して、まず、ポスター作りに奔走することになった。

プロの専門家に頼んで、デザインを作り、それを、西本と日下の二人が、豊橋にあるポスター作りの、専門家のところに、持っていって、印刷を依頼した。

稽古も、着々と進行していくし、ポスターもでき上がっていく。しかし、常盤劇場の支配人、柴田が、いちばん悩んでいたのは、資金だった。

柴田としては、この『逆さ忠臣蔵』という、芝居で、最低でも、一カ月の、興行をしたいのである。

しかし、そのためには資金が、必要だった。ひとたび、芝居が、始まってしまえば、たぶん『逆さ忠臣蔵』というテーマの、珍しさと、吉良家の家臣の、涙ぐましい活躍ということもあって、おそらく、連日満席になることは、間違いないだろう。何といっても、ここは、吉良町である。

しかし、その前に、今度の芝居を、上演するための、資金が必要だった。それが、なかなか集まらないのである。

芝居の稽古が、一週間を過ぎた時、突然、東京の不動産会社から、資金提供の申し入れが、あった。

中央不動産という会社で、中古のマンションなどを、購入して、それを、リフォームした上で、売却するのではなく、賃貸マンションにして、居住者を募集する。そういう会社だった。

政治家にも強いコネがあって、そのせいもあってか、ここ数年、売上高が、急速な伸びを見せているという勢いのある会社である。

その上、東京では、土地の値下がりがストップして、マンションが、続々と建てられている。新築マンションが建つ陰で、中古マンションが、魅力を失って売れなくなっている。それを買ってリフォームして貸すというのが、中央不動産の商売だった。

中央不動産から、須田亮介という、営業部長が、わざわざ、吉良町までやってきて、常盤劇場の支配人、柴田と会った。

須田は、四十五、六歳の背の高い男だった。眼鏡をかけているので、一見、穏やかに、見える。

その須田が、柴田に向かって、

「今回の公演について、ぜひ、ウチの、資金援助を受けていただきたい。これは、ウチの社長からの、お願いなんですよ。これまで、中央不動産は、ひたすら、営業だけを考え、文化面のことを、考えてきませんでした。それでこの際、ぜひ、資金面で、援助をさせていただきたい。本来ならば、社長本人が、くるべきところでありますが、私に、全権が委任されておりますので、そちらの要望を、遠慮なくいっていただきたい」

須田は、そういって、柴田を見た。

いくらでも資金援助を惜しまない。そういわれて、柴田は、かえって、迷ってしまった。

相手は、そうは、いっているものの、東京の不動産会社である。当然、その社内には、忠臣蔵が好きな人間が、いるに違いない。

その会社に対して、今までの、忠臣蔵を否定してしまうような『逆さ忠臣蔵』の芝居に、どれだけ、援助してくれるものだろうか？

自然に、柴田の口は、遠慮がちになってしまった。

本来ならば、最低でも、五千万円ぐらいの資金援助があれば、助かるのだが、しかし、遠慮して、

「そうですね。二千万円ぐらいの、資金援助が、早急に欲しいと思っています」

と、いった。

相手の須田は、柴田の気持ちを、見透かしたように、

「それでは、おそらく、不足でしょう？　ウチの社長は、最低でも、五、六千万円ぐらいの資金援助をしたい。そういって、いるんですよ。ですから、この際、五千万で、どうでしょうか？　それぐらいの、金額ならば、私が全権を委任されておりますので、すぐに、ご用意することができます」

と、いった。

「本当に、五千万円の援助を、していただけるのですか？」

半信半疑の表情で、柴田が、きいた。

須田営業部長は、ニッコリして、

「今も申し上げたように、ウチの社長は、ぜひ、今回の、こちらの芝居を援助したい。それが、中央不動産の、イメージアップにもなりますからね。すぐにでも、小切手を切らせていただきますよ」

と、いってから、

「ただし、その際、一つだけ、お願いがあります。ぜひ、それを、きき届けていただきたいのですよ」

「どんなことでしょう？」

柴田が、ちょっと、心配になって、きいた。

「支配人のあなたと、それから、劇団の座長さん。ほかに、劇団の、マネージャーをしている人。全部で四、五人の人に、明日ぜひ、東京にきていただいて、ウチの社長に、会っていただきたいのです。私が、これから、報告しても、おそらく、ウチの社長は、ぜひ、劇場の支配人や劇団の座長さんたちに、会って、直接、話をききたい。そういうに、決まっているんですよ。ですから、ぜひ、私と一緒に、東京にいって、ウチの社長に、会っていただきたいんです。お願いします」

と、須田は、いった。

「もちろん、五千万円もの、資金援助をしていただけるのなら、喜んで、東京にいって、社長さんに、ご挨拶させていただきますよ」

柴田は、すぐに、応じた。

「そうですか。そうして、いただければ、ウチの社長も、さぞ、喜ぶと思いますよ。

そうですね、明日、東京にいらっしゃる際に『逆さ忠臣蔵』の脚本を一冊、持ってきて、くださいませんか？　それに、劇団の座長さんの、サインがあれば、なおさら、ウチの社長は、喜ぶと、思いますよ」

と、須田は、いい、明日、新幹線で、上京することを勧めた。

4

翌日、常盤劇場の支配人の柴田、それに、劇団三河座のリーダーである前田真一が、東京にいくことになった。

四人の刑事たちが、心配をして、

「私たちも同行しますよ」

と、いった。

それに対して、柴田が、

「いや、向こうは、四、五人できて欲しいと、そういっているので、刑事さんたち、四人全員を、一緒に連れていくことは、できません。ですから、劇団にいらっしゃる刑事さんだけが、同行してくだされば、それで結構ですよ。向こうの話を聞いていると、心配することは、何もないように、思えますからね。そのメンバーで、東京にいくことにしましょう」

と、いった。

結局、支配人の、柴田健一郎、劇団のリーダー前田真一、それに、三田村と北条早苗の、二人の刑事の、合計四人で、東京に、いくことになった。

タクシーで、名古屋までいき、名古屋から、新幹線「ひかり」で、四人と、中央不動産の須田営業部長は、東京に向かった。

須田は、終始、上機嫌で、

「昨夜、東京の社長に、電話をしたところ、大変、喜んでおりました。東京駅には、迎えの人間が、車できているそうですから、それに乗ってすぐ、新宿にある、私どもの、本社にいっていただきます」

と、いった。

東京駅に着くと、いかにも、高価そうなリムジンが、迎えにきていた。

須田が、その車の、助手席に乗り、支配人の柴田や、リーダーの前田、それに、三田村と北条早苗は、広い後部座席に腰を下ろした。

車が優雅に、走り出す。

四人は、窓の外の、東京の景色を眺めていたが、そのうちに、突然、眠くなってきた。無色無臭のエーテルが、四人の乗った、後部座席に、いつの間にか、広がっていたのである。

そして、支配人の柴田と、リーダーの前田が、まず、眠ってしまった。

三田村と北条早苗の二人は、襲ってくる、睡魔に対して、急に不安を、感じた。

しかし、何か、叫ぼうとしながら、口が動かなくなって、二人の刑事も、また、眠ってしまった。

5

その頃、吉良町では、西本と日下の二人が、腕時計に、目をやっていた。

四人の乗った新幹線「ひかり」が、東京に着く時刻は、もちろん、わかっている。そして、そこから、車で新宿にある、中央不動産の本社にいく予定になっていることも、わかっていた。

そこで、中央不動産の、本社に着いた時には、三田村か、北条早苗のどちらかが、電話をしてくることに、なっていた。

だから、西本は、腕時計を見ながら、

「東京駅から新宿まで、車でいけば、どのくらいかかるものかな？」

と、日下に、きいた。

「たぶん、三十分か四十分ぐらいの、もんだろう」

「すでにもう、四人の乗った新幹線『ひかり』が、東京駅に着いてから、三十分以上過ぎている。まもなく、四十分だ」

「たぶん、道路が渋滞でもしているんじゃないか？」

と、日下が、いった。

「とにかく、もう少しだけ、待ってみようじゃないか」

四十分が過ぎ、五十分が過ぎ、そして、一時間が、過ぎた。

しかし、それでもまだ、三田村刑事からも北条早苗刑事からも、一向に、電話がかかってこない。

さらに、三十分、合計、一時間三十分が経った。

西本と日下の、二人の刑事の胸に、不安が襲ってきた。何かおかしい。

西本は、須田という、営業部長が置いていった、名刺を取り出した。そこに書いてある、本社の電話番号に、連絡をしてみることにした。

「中央不動産でございます」

という女性の声が、した。おそらく、受付の女性だろう。

「社長さんに、繋いでいただきたいのですが。こちらは、三河の、吉良町の常盤劇場の者ですが」

西本が、いった。

「社長は、あいにく、外出して留守でございますが」

女性の声が、丁寧に、いう。

「本当に、社長さんは、不在なんですか？」

「ええ、不在でございますが、どんなご用件でしょうか？」

相手が、逆に、きく。

「ちょっとおききしたいのですが、そちらの営業部長さんは、須田さんという方ですね？　須田亮介さん。それは、間違いありませんか？」

「いいえ、私どもの営業部長は、須田ではありません。崎田という者ですが」

と、相手が、いった。

電話を切ると、西本は、慌てて、東京にいる十津川にかけた。

「警部、妙なことになりました」

と、いって、今日起きたことを、早口で説明した。

電話の向こうの十津川の声も、急に大きくなって、

「つまり、君がいいたいのは、そちらの劇場の支配人の柴田健一郎さんや、劇団三河座のリーダーである前田真一さん、それから、彼らについていった三田村と北条早苗の二人の刑事も、行方不明に、なってしまった。誘拐されたんじゃないかと、そういうことだな？」

「まだ、はっきりとは、しませんが、どうも、その危険が、大きくなったような気がします。そちらでぜひ、中央不動産に、当たってみてくれませんか？　中央不動産が、誘拐をしたのか、それとも、中央不動産を、名乗る人間が、誘拐をしたのか？　まず、それを、大至急、調べてください」

西本が、早口で、いった。

第七章　秘密法廷

1

手がかりは、中央不動産という会社名しかなかった。

十津川は、全力を挙げて、この中央不動産という会社を、調べることにした。

中央不動産の本社は、東京八重洲口にあった。一時、不動産会社として、経営不振を噂されていたが、ここにきてやっと、土地の値下がりも、止まり、また、東京周辺の土地が、値上がりしていることから、この会社の業績も、立ち直っていた。

社長の落合良一、五十歳は、経済同友会の理事でもあり、誰に聞いても、信頼のおける男という答えが、返ってきた。

どう考えても、この中央不動産、秘密法廷といった、うす気味の悪い事件と、関係がありそうにない。

と、なると、犯人たちが、勝手に、中央不動産の名前を、使っているのか？

「私は、そう考えません」

と、いったのは、亀井だった。

「理由は？」

十津川が、きく。

「中央不動産は、この業界では、中堅の会社です。もし、今回の犯人たちが、相手を信用させたいのなら、不動産会社でも、もっと、大手とか、あるいは、別の業者の名前を使ったんじゃありませんかね。そう考えると、わざと、中堅の不動産会社の名前を使ったと、私は、思います。つまり犯人たちと、何らかの関係があるのではないかと考えられます」

「どんな関係だ？」

犯人が、中央不動産の名前を使って『逆さ忠臣蔵』の公演を助ける。五千万円の費用を負担すると、申し出たとき、一人でも、二人でも、怪しんで、中央不動産のことを、調べたとき、どうするのか？　そう考えると、犯人は、どこかで、中央不動産と、つながっているのではないかと、十津川は、考えた。

そう考えて、調べ直すと、社長落合良一の父親である落合徳治郎という七十五歳の男が浮かび上がってきた。

十年前、社長職を退いて会長になり、当時、四十歳だった長男に早々と、会社を任せてしまった。その後、落合徳治郎は、一応、会長ということになっていたが、話によると、まったく、会社に出てきていないし、自分の育てた中央不動産とは、すでに、関係のない人間だと、自らいっていた。

現在は、会長でも、なくなっていた。会長では、自分のやりたいこと、好きなことが、できない。そういって、会長の椅子を、放り出したというのである。

この落合徳治郎の個人資産は、二十億円とも三十億円ともいわれている。五年前に妻を亡くしていて、人の噂では、骨董を収集したり、あるいは、個人的に、さまざまな研究をして、それを、自費出版している。そんな話も聞こえてくる。

「その一つが、忠臣蔵の研究なんだ」

と、教えてくれたのが、現在、出版社に勤めている、十津川の大学時代の同窓である、小林だった。

「金持ちの老人が、研究するものとして、忠臣蔵は、別に悪くないじゃないか？」

十津川が、いうと、小林は、笑って、

「それが、普通の、研究なら、いいんだが、妙に偏執的な研究でね。自ら、忠臣蔵を守る会というのを、作っている」

「守る会?」

「そうなんだよ」

「どんなふうにして、この落合徳治郎という老人は、忠臣蔵を、守ろうとしているんだ?」

「いってみれば、彼にとって忠臣蔵の四十七士は、神のようなものなんだ。大石内蔵助はもちろんだが、それに連なる義士たちも、彼にとっては、神と同じでね。ほんの少しでも、その神が、傷つけられたのがわかると、傷つけた人間を、全力を挙げて、攻撃するんだ。とにかく、落合徳治郎は、金を持っているから、金の力を使って、相手を叩(たた)き潰(つぶ)してしまう。例えば、ある小さな出版社が『果たして、赤穂浪士は、忠臣だったか?』という本を出そうとしたことがある。ところが、これが本になる前、原稿の段階で、落合徳治郎が、潰してしまったんだよ。とにかく、小さな出版社だったからね。彼は、金と、それから、暴力を使って、この小さな出版社まで潰し、その出版社が預かっていた原稿を、全部、燃やしてしまったんだ」

「しかし、そんなことをすれば、その原稿を書いた作家から、クレームがついて、訴えられるんじゃないのか?」

「そこが、それ、金の力だよ。その原稿を書いた男も、結局のところ、金に負けて、原稿を落合に、売ってしまったんだな。それで、落合は、その原稿を、焼いてしまった。だから、この事件は、誰も知らないうちに、終わってしまった。また、こんなこともあった。歌舞伎座で、忠臣蔵が上演されると、徳治郎は、取り巻きを連れて見にいくんだが、『仮名手本忠臣蔵』の四段目のとき、問題を起こした」

「四段目というと、どんな場面だったかな？」

十津川は、あまり、歌舞伎を見たことがない。忠臣蔵のストーリーは、知っているが、この芝居を、通しで見物していないのだ。

「四段目というのは、塩治判官（浅野内匠頭）が、切腹する場面だよ。そして、代わって、主人公の大星由良之助（大石内蔵助）が登場する。この芝居の最中に、徳治郎の近くで、見物客の一人が、弁当を食べ始めた。それを見て、この神聖な場面で、舞台を見ずに、食事をするとは何事だといって、殴りつけて、重傷を負わせてしまったというのだ」

「当然、警察沙汰になったんだろう？」

「ああ、交番に連れていかれたが、徳治郎は、そこで、若い巡査に、説教したというんだ。昔は、この四段目は、いちめい『通さん場』と呼ばれていて、この四段目が終わるまで、芝居茶屋から、食事などは、一切、通さなかったものだといってね。それを聞いて、若い巡査は、徳治郎の博識ぶりに、驚いたといわれている。それくらい、この男は、忠臣蔵好きで、マニアなんだ。それも、狂的なところがあるので、彼の前で、忠臣蔵を批判したりするのは、命がけだという話もある」

「しかし、何といったって、すでに、現役を退いた七十過ぎの老人じゃないか？　いくら個人資産を、何十億も持っていたとしても、金だけでは、解決できないこともあるんじゃないのかね？」

と、十津川が、さらにきくと、小林は、

「それについてだがね。落合徳治郎は、二、三年前に、東京都内の警備会社を一つ、買収したんだ。それほど大きくはない、警備会社だがね」

「どうして、小さな警備会社を、彼は買収したんだ？」

「その会社だが、今までに、いろいろと批判のあった警備会社でね。その警備会社は落合の名前を取って、ＯＡＩと名前を変えた。社員は、全部で十五人しかいない。その構成員なんだが、それが問題でね。傷害事件を起こした人間なんかも、その中にいるんだ」

「つまり、落合徳治郎の、用心棒みたいな連中が作っている警備会社か？」

十津川が、きくと、小林は、また笑って、

「まあ、そんなところだね。その警備会社、ＯＡＩだが、ここに実際に、警備を頼んでくる客は、まずいないといわれている。落合は、この警備会社を使って、というよりも、その社員を使って、忠臣蔵を少しでも、批判する人間が、金で買収できない時は、暴力で押し潰してしまう。そんな噂が流れているんだ。ただ、証拠がないから、今のところ、警察も、この警備会社を、調べてはいない。しかし、落合徳治郎という老人が、こわもてするのは、この警備会社の力が、あるんだと思うよ」

「忠臣蔵の好きな、個人とかグループは、ほかにもたくさんいるんじゃないのか？その人たちは、落合徳治郎のことを、どう見ているんだ？」

「最初のうち、彼が大の忠臣蔵ファンということで、近づいていった同好の個人や団体もかなりいたようなんだ。しかし、今は、敬遠されてしまっているね。とにかく、何をするかわからないといった、そんな、怖さがあるからだろうね」

と、小林は、いった。

「そのＯＡＩという、警備会社の社員名簿のようなものは、手に入らないか？」

十津川が、頼むと、小林は、二時間ほどして、どこからか、それを手に入れてきて、十津川に見せてくれた。

十津川は、そこに並んだ社員の名前を見ていって、

（やっぱり、あった）

と、思った。

その十五人の社員の中に、大山啓一という名前が、あったのである。

湯谷温泉の近くの東照宮で、吉良義久を、尾行していた男がいた。彼が乗っていた、東京ナンバーの車から、その男が、大山啓一、四十歳だとわかった。

彼は、警備会社勤務と、なっていたが、その会社は、ＯＡＩで、問題の落合徳治郎が、自分の目的のために買収した会社だとわかった。

2

その息子が、社長の、中央不動産が、三河の劇団、三河座と、常盤劇場に電話をしてきて『逆さ忠臣蔵』の公演に、五千万円の資金援助をしよう。そういってきた。

喜んだ常盤劇場の支配人、柴田健一郎や、あるいは、劇団三河座のリーダー、前田真一が、その話に乗ったところ、彼らが急に、行方不明になって、しまっているのである。

十津川は、問題のＯＡＩ警備保障会社に、電話をかけたが、電話は通じない。

また、落合徳治郎の家にも、電話をかけてみたが、これも、相手が出なかった。

十津川と亀井は、東京八重洲口にある、中央不動産の本社を、訪ねていき、社長の落合良一に会うことにした。

緊急を要する事件なので、十津川は、最初から、相手に、警察手帳を見せて、

「あなたのお父さん、落合徳治郎さんが、今までどんなことをしていたのか、おわかりですね？」

十津川は、頭ごなしに、社長の落合に向かって、いった。

とたんに、落合社長の顔が歪んだ。

「何しろ、父とは、ここ何年も、音信不通の状態が、続いていますので、父が何をやっていたかといわれても、まったく、わからないのです」

落合が、逃げ口上を、いう。

「いや、おわかりに、なっているはずですよ。落合徳治郎さんは、熱狂的な忠臣蔵ファンだ。もちろん、そんなことは、その人の、自由だから構わないが、しかし、徳治郎さんは、金に任せて、少しでも、忠臣蔵を批判するような人間を、叩き潰してきた。金を使ったり、あるいは、暴力に、訴えてですよ。そのために、ＯＡＩという小さな警備会社まで、買収した。そこの社員十五人は、傷害の前科があったりする、どうにも、危険な連中でね。徳治郎さんは、その危険な連中を使って、自分の考えに反対する人間を脅かしているんですよ」

「しかし、今も、申し上げたように、父とは、このところ、まったく音信不通でしてね。刑事さんに、いろいろといわれても、私としても困るんですよ。今、父がどこにいるのかさえ、私にはわかりません」

「普通の時なら、ああ、そうですかでいいんですが、しかし、今は、そうは、いかないのです。何しろ、何人かの人間が、徳治郎さんに、あるいは、徳治郎さんの使っている警備会社の人間に、拉致されてしまったんですよ。誘拐ですよ。そして、ヘタをすると、誘拐された人間たちは、殺されてしまうかも、知れないんですよ」

十津川が、いうと、落合は、蒼ざめた顔になって、

「まさか、父は、そんなことは、しませんよ。確かに、刑事さんのいわれるように、マニアックな、忠臣蔵ファンであることはそのとおりですがね。だから、忠臣蔵に反対する人たちに対して、喧嘩を、売ったりもしますが、しかし、相手を殺すなんてことは、絶対にありませんよ」

「あなたは、本当に、そう、信じているんですか？」

「ええ、信じていますよ。何しろ、私の父親ですから」

「吉良義久という人が、いるのですが、その人のことをご存じですか？」

「いや、まったく、知りませんね。聞いたこともない名前です」

「吉良義久さんは、三河の、吉良町の出身でしてね」

十津川が、いうと、

「まさか、あの、吉良上野介の子孫じゃないでしょうね？」

落合社長が、きいた。

「それは、わかりませんが、その、吉良義久さんが、面白い小説を、書いたんです。『逆さ忠臣蔵』といいましてね。赤穂浪士が、忠臣ならば、その相手の、吉良の家臣だって忠臣ではないか？　そうした考えで書いた小説なんですが、それが今度『逆さ忠臣蔵』という題で、吉良町の、常盤劇場という場所で、上演されることになりました。そのことに、徳治郎さんは、腹を立てているんですよ。怒り心頭に発したといってもいいかも知れない。そこでまず、徳治郎さんは、作者の吉良義久さんを、誘拐し、脅し、殺そうとした。そのために、今、吉良義久さんは、記憶喪失に、陥ってしまっています。あまりの恐怖からですよ。徳治郎さんは、それだけではすまず、今いった吉良町の常盤劇場の支配人や、あるいは『逆さ忠臣蔵』を、公演しようとする劇団の何人かを、誘拐してしまったんです。しかも、中央不動産を名乗り、その公演に、五千万円の資金を、提供しようと嘘をいって、劇場支配人や劇団のリーダーをですね、誘拐してしまったんです。今、彼らが、どこに監禁されているのかは、わかりません、ただ、このままでいくと、徳治郎さんは、彼らを、殺してしまう恐れがあります。そうなれば、中央不動産が殺したことになる。何しろ、中央不動産の名前を使って欺して、誘拐したんですからね。その責任は重いですよ」

「しかし、私に、どうしろというんですか？　何回もいいますが、父とは、ほとんど、つき合いがなくて、それに、私のいうことを素直に、黙って、聞くような父じゃありません。私が何かいえば、かえって逆に、妙な方向に、走ってしまう恐れがあるんですよ」

落合は、肩を落とすようにして、いった。

「しかし、これが殺人事件になってしまえば、いやでも、あなたと、関係が出てくることになりますよ」

十津川は、もう一度、相手を脅した。

「しかし、何度でもいいますが、今、父がどこにいるのかも私には、わからないんですよ」

「私は、等々力にある、徳治郎さんの家に電話をしました。しかし、誰も出ない。また、今いった、警備会社にも電話をした。しかし、こちらも誰も出ない。ということは、徳治郎さんたちは、大勢で、今いった『逆さ忠臣蔵』を上演しようとする劇場の支配人や、あるいは、劇団員の何人かを、誘拐してしまって、どこかで、裁判にかけているんですよ。そして、有罪の判決を下して、その後は殺してしまう。その恐れは、充分にあります」

「裁判って、何ですか？　私の父は、法律家でもないし、弁護士でも、ありませんよ」

「秘密法廷ですよ。あなたのお父さんは、忠臣蔵の熱狂的なファンだ。それが高じて、少しでも、忠臣蔵を汚そうとするものが、あれば、自分で作った、秘密法廷で、その相手に、有罪判決を下してしまうんですよ」

「そんな馬鹿なことを、父がやっているというんですか？」

「実は、以前からやっているんです。今いった吉良義久さんが『逆さ忠臣蔵』という小説を書いたのを知って、彼を裁判にかけたんです。そして、彼に有罪の判決を下し、殺そうとした。その恐怖から、吉良さんは、今も、記憶喪失になったままです。もし、彼が、記憶を取り戻したら、あなたのお父さんは、その時点で、彼を殺そうとするでしょうね。何しろ、前に、死刑の判決を下しているんですから」

「秘密法廷なんて、何だか、私には絵空事のようにしか思えませんが」

「もちろん、誰にだって、秘密法廷なんてものは、絵空事ですよ。しかし、あなたのお父さんは、本当に、秘密法廷を、作っているんです。だから、怖い。その法廷で、裁判官になった徳治郎さんが、有罪判決を下す前に、何とかして、誘拐された人たちを、助け出したいんですよ。だから、協力して、いただきたい。もし、協力していただけないのなら、われわれは、あなたを、共犯として、逮捕しなければならなくなります」

もう一度、十津川は、脅した。

落合社長の顔が、ますます、歪んでくる。

「いくらいわれても、今、父がどこにいるか、私には、わからないんです。ですから、協力しろといわれても――」

「それでは、落合徳治郎さん名義のもののリストを見せてくれませんか？　お父さんが、中央不動産名義ではなくて、自分名義で手に入れている動産、不動産が、あるでしょう？　それを知りたいんです。とにかく、時間がないんです」

十津川が、厳しい口調で、いった。

落合社長は、すぐに、秘書を呼んで、父親の財産目録を、持ってくるように、いった。

3

「父が死ねば、私が父の財産を、受け継ぐことになりますからね。それで、父は、このリストを、私にくれているんです。私が死んだら、これがすべて、お前のものになる。そういってですよ」

落合社長は、そういった。

十津川と亀井が、そのリストに、目を通した。

「かなりのものを、徳治郎さんは、所有しているんですね」

十津川が、メモを見ながら、いった。

「ええ、そうです。動産、不動産をたくさん、父は持っています」

「伊豆に別荘をお持ちですね。場所は、下田の近くに、なっている。それから、劇場も、お持ちなんですね。中目黒に、劇場がある」

「ええ、小さな劇場ですよ。そこでは、年がら年中、父の好きな、忠臣蔵をやっているんです。父は採算を度外視して、その劇場を持って、喜んでいるんですよ」

落合社長が、いった。

「とすると、今日も、その劇場で、忠臣蔵を上演しているんですね?」

「ええ、もちろんです」

「とすると、その劇場に、誘拐、監禁したとは、ちょっと、考えにくいな」

と、十津川は、いい、それから、伊豆下田の別荘のほうに、目をやった。

下田とはいっても、下田の町ではなくて、近くの蓮台寺が、地名になっている。

「この別荘に、いかれたことが、ありますか？」

十津川が落合に、きいた。

「以前に、一度だけ、いったことがあります」

「どんな別荘ですか？」

十津川が、きくと、落合は、苦笑して、

「一言でいえば、要塞みたいな、別荘ですよ。ですから、私は、二度といきたいとは、思いませんけどね。あんなうす暗い要塞の中で、父はいったい、何を考えているんですかね」

と、いった。

「今からすぐ、この下田の別荘に、案内してくれませんか？」

「今からですか？」

「そうです。とにかく、時間が、ないんですよ。徳治郎さんは、形式主義者らしいから、一応裁判を開いて、まず、断罪しておいてから殺そうとする。そのことが、少しは、救いになっています。誘拐した人たちを、すぐには殺さず、裁判にかけるでしょうからね。それでも、時間は、あまりないんです。ですから、私たちを、そこに案内してください。もし、あなたが、いやだといっても、無理にでも、連れていきますよ！」

十津川は、つい大声を出した。

4

十津川は、覆面パトカーの一台に、落合社長を乗せ、もう一台には、日下や西本たちが乗って、二台で、伊豆に向かった。

万一に備えて、全員が、拳銃所持である。そして、逮捕状も、ポケットの中に入っていた。

その途中で、悪いニュースが飛び込んでくる。

一つは、吉良義久が、姿を消したという報告だった。どうやら、相手は、吉良義久も、誘拐してしまったのか。

それにもう一つ、弁護士の、三木のり子の姿も消えたという。おそらく、落合徳治郎は、秘密法廷を開き、そこには、裁判長役の自分と検事役の、自分の部下、そして、前回と同じように、弁護士として、三木のり子を同席させるつもりなのだろう。

十津川は、そのことに、少しは不安が小さくなるのを感じた。

弁護士の三木のり子が、誘拐されたということは、とにかく、落合徳治郎の、秘密法廷では、弁護は、許されるのだ。

（その弁護の時間だけは、誘拐された人間たちは、殺されずにすむ）

と、十津川は、思った。

二台の覆面パトカーが、国道一三五号線を下田に、向かって突っ走る。

その車内で、落合社長が、問題の別荘の見取り図を、紙に描いて、十津川に、見せてくれた。なるほど、要塞を思わせる造りに見える。

伊豆の下田、正確にいえば、その手前の、蓮台寺に、パトカーが入っていった。

山の斜面に、問題の別荘が、見えた。コンクリートの打ちっ放しという感じで、遠くから見ると、確かに窓の少ない要塞のようでもある。

その別荘の近くで、十津川たちは車から降りて、歩いて、別荘に、近づくことにした。

落合社長が、心配そうに、小声で、十津川に、きく。

「私は、どうしたらいいんですか？」

「あなたは一人で、別荘の正面から、中に入ってください。あくまでも、一人で、訪ねてきたということにして、徳治郎さんに、話しかけるんです。私の予想では、すでに、あの別荘のどこかで、秘密法廷が開かれている。それを見たら、止めるように、お父さんに、忠告してくれませんか？　そうやって、あなたが話している限り、誘拐されている人たちは、殺されずに、すみます。その間に、私たちは、問題の秘密法廷に近づいて、この事件を、解決させますよ」

と、十津川は、いった。

十津川たちは、裏口から、別荘に近づいていった。

落合社長一人は、別荘の正面から、ベルを鳴らして、中に入ることになった。

落合は、今、自分がやっていることが、信じられずにいた。秘密法廷とか、殺人とか、あるいは、記憶喪失とか、そうしたことが、十津川という刑事の口から、伝わってきたのだが、どうしても、現実感が、感じられないのだ。

落合は、別荘の中に、通された。

大山という四十歳の男が、落合を、一階の応接間に通すと、

「今、会長は、お忙しいので、しばらく、ここで、お待ちになっていただけませんか？」

と、いった。

「父は今、何をしているんですか？」

「会長は、趣味の、演劇の本を読んで、それを脚本にするための、原稿を書いていらっしゃいます。おそらく、一時間ほどで、その作業は終わると思うので、その時はす

ぐ、社長を会長のところに、ご案内します」

大山は、笑顔で、いう。

「私は、今すぐに、父に会いたいんですよ。急用があって、東京から、ここまでやってきたんです。何とか、父に、会わせてもらえませんか？」

「今すぐには、会えないと、会長から、固くいわれていますので」

慇懃（いんぎん）無礼な感じで、大山が、いった。

「困ったな。とにかく、大事件に発展しそうな用件で、きたんですよ。どうしても、会わせてもらえないのなら、一一〇番して、警察にきてもらいますよ」

と、落合が、いった。

「それは、困りますね」

大山が、いった。

「それなら、すぐ、私を父のところに、案内してください」

「仕方がない。それでは、私の後に、ついてきてください」

と、いって、大山が、立ち上がった。

「この別荘のどこに、父はいるんですか？」

「静かに、勉強をしたいとおっしゃって、地下の部屋にいらっしゃいます」

大山に続いて、落合は、階段を、下りていった。その時とは、明らかに、家の中の様子が違っている。前に一度、ここにきたことが、あったのだが、しかし、その時とは、明らかに、家の中の様子が違っている。徳治郎が、改造したらしい。

二十段近い、階段を下りていくと、そこに、洒落た、革の張った扉があった。劇場の扉のような、感じである。

「今、この中で、一つの劇が、おこなわれています。ですから、入ったら、静かに、その劇を見ていてくれませんか？　そうしないと、私が、会長から叱られますから」

大山が、急に緊張した顔になって、いった。

大山が、豪華な、その扉を押し開け、落合は、中に入っていった。

一瞬、周囲の暗さで、前が見えなくなった。しかし、目が慣れてくると、そこは、劇場の見物席のようなところで、正面で、法廷が開かれていた。

正面の裁判長席に、法衣を着て座っているのは、間違いなく、落合徳治郎だった。

検事席があり、弁護人席があり、そして、被告人席が、あった。被告人席には、男女が腰を下ろしている。弁護士は、女性だった。検事が、被告人たちの罪状について、しゃべり始めた。

「被告人席に座っている被告人たちは、共謀して、吉良町の常盤劇場において『逆さ忠臣蔵』という、世にも恐ろしい演劇を、公演しようとしています。この劇は、日本国の、宝ともいえる忠臣蔵を、侮辱したものであって、この公演は絶対に、許されません。しかし、被告人たちは、そうした、世の非難にもかかわらず、あくまでも『逆さ忠臣蔵』という劇を、公演しようと策略を巡らしています。もし、こうした不健全極まりない、反歴史的な、演劇が公演されたら、今も申し上げたように、日本の宝である、忠臣蔵が、侮辱されることになるのです。われわれにとって、神にも等しい大石内蔵助がまず、嘆き悲しむことでしょう。大石内蔵助にしたがう、赤穂浪士たちももちろん、草葉の陰から、怨嗟の声をあげるに、違いありません。被告人たちの罪状は、三つにわけられます。今もいったように、第一は、日本の宝である、忠臣蔵の冒瀆、第二に、忠臣蔵を、茶化すことによって、日本国民を、堕落させる罪。そして、第三は『逆さ忠臣蔵』なる劇の下品さに、あります。忠臣蔵は、世界各国に出しても、恥じるところがありませんが、この『逆さ忠臣蔵』のほうは、どこの国でも蔑まれ、日本国民の、文化程度まで、疑われることになると考えます。よって、今ここにいる被告人たちは、全員有罪。特に『逆さ忠臣蔵』の公演に、熱心な、吉良町の常盤劇場の支配人、柴田健一郎と、劇団三河座のリーダー、前田真一、この二人は、極刑に処すべきものがあります。また、先の秘密法廷において、心神喪失で、解放された吉良義久は、現在、その記憶喪失も治り、そして、この恥ずべき『逆さ忠臣蔵』の原作者でもあります。当然、吉良義久にも、厳罰が下されてしかるべきだと、私は、考えます」

5

次に、三木のり子が、弁護のために立ち上がった。

しかし、充分に、脅かされているのか、顔色は蒼白く、元気がなかった。

「今、検事側の告発どおり、今回上演されようとしている『逆さ忠臣蔵』という劇は、間違いなく、世界に冠たる、忠臣蔵を、冒瀆するものであります。そして、この劇が、公演されることによって、多くの日本人が、自分たちが作ってきた健全な歴史、健全な生活、健全な文化、そうしたものに、傷をつけることになるのは、間違いないと思われます。しかし、この者たちが、このような、不健全な演劇を、公演しようとするのは、つまるところ、彼らの、無知によるためであります。もし、少しでも、忠臣蔵を勉強していれば、このような演劇を、公演しようとは、絶対に、思わないでしょう。つまり、あくまでも彼らが、無知のために、犯そうとしている犯罪であります。裁判長には、そのあたりを、考慮されて、寛大なる処置を、お願いしたいと思います」

三木のり子は、そんなことをいって、着席してしまった。

これでは、弁護士として、正当な弁護とはいえないし、全力をつくしたともいえまい。

しかし、主宰者の落合徳治郎は、形式さえ、整っていれば、結果はわかっている。

そう思って、この秘密裁判を、開いているらしい。

その証拠に、裁判長の落合徳治郎は、やおら立ち上がると、

「まず、主文をいい渡す。被告人たちは、すべて有罪。極刑に処する」

と、いきなり、大声で、断罪した。

突然、黒子のような格好をした、男が五人、現れる。五人とも、日本刀を持っていた。

「検事のいったように、忠臣蔵は、世界に冠たる日本の文化である。その文化の根底には、武士道がある。浅野内匠頭が、切腹したのも、その武士道のためであり、また、大石内蔵助たちが、切腹したのも、すべて、武士道を守るためであろう。それを考えると、今、被告人席にいる人間たちは、やはり武士道の立場に立って断罪しなければならないだろう。裁判長としては、全員に、切腹を命じたいところだが、しかし、被告人たちは、おそらく、切腹の作法も知らないであろう。よって、一人ずつ斬首の刑に処する。死刑の執行人たちは、今ここにいる侍たちである。彼らは、腕に自信があるから、被告人たちも、苦痛なく死ぬことができるだろう。それが、せめてもの、わ

れわれの温情である」

徳治郎が、おごそかに、いった。

五人の男たちの一人が、キラリと刀を抜きはなった。

被告人席から、いっせいに、

「止めろ！」

「これは、滅茶苦茶だ！」

「こんなことをしていいのか！」

怒声と悲鳴が、上がった。

後方の傍聴席で、この秘密法廷を見ていた落合社長は、思わず、駆け出していくと、
大声で、

「止めるんだ！」

と、叫んでいた。

「私は、中央不動産の、社長の落合だ。こんな馬鹿げたことは、すぐ止めるんだ！」

落合が、続けて、叫ぶ。

それを、ジロリと睨んだ徳治郎が、

「そいつを、つまみ出せ！」

と、怒鳴りかえした。

次の瞬間、法廷の背後からいっせいに、十津川たちが、飛び出していった。

それぞれ、手に拳銃を握っている。

亀井や西本たちは、その拳銃の銃口を、刀を持っている五人に向けた。

「少しでも動いたら、撃つぞ！」

亀井が、怒鳴った。

その間に、十津川は、裁判長席に、歩いていき、徳治郎に向かって、逮捕状を、突きつけた。

「あなたを誘拐と殺人未遂で逮捕する」

6

すでに、刀を抜きはらっていた男の一人が、

「天誅だ！」

と、叫びながら、大上段に、刀を振りかぶって、被告人席に突進していこうとする。

西本刑事が、その男に向かって、拳銃を発射した。

一発目。

だが、相手は、止まらない。

二発目。

刀を持ったまま、男の身体が、もんどり打って床に倒れた。胸に命中したのだ。

亀井が、ほかの四人の男に向かって、拳銃を突きつけながら、

「少しでも動いたら、容赦なく撃つぞ！」

と、いい、日下刑事も、男たちに、拳銃を向けたまま、

「床に正座し、刀を前に置け！」

と、怒鳴った。

十津川は、法衣を着た落合徳治郎に、手錠をかけた。

「馬鹿者！　なんてことをするんだ！」

徳治郎が、身もだえをしながら、叫ぶ。

「こんなことをしていると、日本は、駄目になってしまうぞ。忠臣蔵を、守れないような日本は、滅亡だ！」

徳治郎は、狂ったように、大声で叫んでいる。しかし、彼の部下たちは、戦意を失って、床にしゃがみ込んでしまっていた。

十津川は、静岡県警に、電話をした。ここは、あくまでも静岡県警の所管である。

三十分ほどして、静岡県警のパトカーが五台、駆けつけてきた。

十津川は、県警の刑事たちに、徳治郎や五人の黒子の男たちや、検事役、そして大山啓一を引き渡した。

その後で初めて、十津川は、被告人席に、座らされていた、常盤劇場の支配人、柴田健一郎や、劇団三河座のリーダー、前田真一、そして、北条刑事たちに、声をかけた。

その中には、吉良義久の顔もあった。

三木のり子が、疲れ切った顔で、十津川のそばにきて、

「私は、どうなるんですか？」

と、きいた。

十津川は、笑って、

「あなたは、いわば被害者だ。だから、あなたを、逮捕したりはしませんよ」

と、いった。

のり子は、ホッとした顔になってから、吉良義久に、目をやった。

「私がいちばん心配だったのは、吉良さんだったんですよ。吉良さんは、前に一度、脅されて、記憶喪失になってしまっていましたから。病状が、さらに悪化しては困る

と、そう思っていたんです」

　のり子が、不安気に、いった。

　十津川は、全員を、薄暗い秘密法廷から、明るい応接間に、連れていった。

　その後で、吉良に向かって、

「私のことを、覚えていますか？」

　と、きいてみた。

　吉良が、微笑して、

「もちろん、覚えていますよ。警視庁の十津川警部さんでしょう？」

「あなたは今、どこにいるか、それもわかりますか？」

「ええ、もちろん、前に連れてこられたところですよ」

　と、吉良が、いう。

「この秘密法廷で、今、いったい、何があったか、覚えていますか？」

　十津川が、きくと、吉良は、楽しそうに笑って、

「ええ、もちろん、覚えていますとも。私を含めて、さっき、被告席にいた全員が、裁判長から、死刑の判決を受けたんでしょう？　そして、五人の、首斬り役人のような男たちが、出てきて、全員を殺そうとした。そういうことは、ちゃんと、覚えてい

ますよ」

「前にもここに連れてこられた。そのことも覚えているみたいですね？」

「ええ、もちろん、覚えていますよ」

「どんなことを、覚えているんですか？」

十津川が、きいた。

一年前に、吉良は、秘密法廷に連れてこられて、そこで、死刑の判決を受け、斬り殺されそうになった。その恐怖から、記憶喪失になってしまったのだが、果たして、吉良は、そうしたことまで、覚えているのだろうか？　記憶は戻ったのだろうか？

十津川は、三木のり子を呼んだ。

「この人のことを、覚えていますか？」

十津川は、改めて、吉良に、きいた。

吉良は、じっと、三木のり子の顔を見つめてから、

「確か、弁護士さんでしたね？」

と、いう。

「ええ」

と、のり子は、肯いてから、

「一年前、同じこの、別荘に連れてこられて、あなたは、例の秘密法廷で、忠臣蔵を冒瀆したということで、死刑を、宣告されたんですよ。そのことは、覚えていますか？」

「いや、覚えていません。前にも、ここにきたことは、わかっているんです。しかし、そこで何があったかは、まったく、思い出せないんですよ」

吉良は、首を小さく、横に、ふっている。

「しかし、今日、何があったかは、覚えているんですね？」

「ええ、まだ、時間が経っていないから、覚えていますよ」

「同じことが、一年前、ここで、おこなわれたんですよ。今もいったように、あなたは、忠臣蔵を冒瀆するような『逆さ忠臣蔵』という小説を書いたために、誘拐され、危うく、殺されそうになったんですよ」

三木のり子が、一言一言、嚙みしめるように、わざと、ゆっくりと、いった。

「私が殺されそうになった？」

「ええ、今日も、五人の男が出てきて、刀で斬りつけようとしたでしょう？　同じことが、一年前にも、起きたんですよ。連中が、刀を抜いて、あなたを殺そうとしたんです。それは、思い出せませんか？」

これは、十津川が、きいた。

「どうして、私が、殺されなくてはいけないんですか？」

「今日、同じことがあった。今日のことは、わかっていますね。吉良町の常盤劇場で、忠臣蔵を冒瀆するような、演劇が公演されようとしている。だから、この秘密法廷で、裁判長が、死刑を宣告したんですよ。それは、わかっているんでしょう？」

のり子が、相変わらず、ゆっくりと、いう。

「ええ、それは、わかっています」

「一年前にも、同じことが、あったんですよ。まったく同じことがね。その時は、被告人席には、あなた、一人しかいなかった。そして、あなたは、危うく、殺されそうになった。そのことは、思い出せません？」

三木のり子は、じっと、吉良の目を見つめるようにして、いった。

吉良義久が、突然笑い出した。

三木のり子は、ビックリして、

「どうかしちゃったのかしら？」

助けを求めるように、十津川を見た。

「何かおかしいんですか？」

十津川は、吉良に、きいた。

吉良は、まだ笑い続けている。

「途中で、わかったんですよ。今日、ここに連れてこられて、脅されているうちに、思い出したんですよ。確か、一年前にもここに連れてこられて、あの時は、私一人が脅された。命を取るぞと、刀を振り回されて、私は、恐怖のあまり、記憶を失ってしまった。そのことを思い出したんですよ」

吉良は、楽しそうに、いう。

のり子は、いきなり、パチンと、思い切り、吉良の頬を打ってから、

「なぜ早く、それを、いってくれなかったんですか？　記憶が、戻ったなら、戻ったと、ちゃんと、いってくださいよ。みんな、心配しているんだから」

「わかっていますよ。ただ、少しだけ、記憶喪失の状態を、楽しみたかった、それだけなんですよ」

吉良が、笑いながら、いう。

「楽しみたいって、どういうこと？」

まだ、のり子は、怒っている。

「記憶喪失だと、あまり、周りの人に責任を持たなくていいし、周りの人も、私のこ

とを、大事にしてくれますからね。その状態を楽しんでいたんですよ」

吉良が、いった。

今度は、十津川と、のり子のほうが、本当に目の前の吉良が、記憶を取り戻したのかどうか、不安に、なってきた。

「吉良さん、あなたは、作家なんですよ。どんな小説を、書いたか、覚えていますか？」

のり子は、恐る恐る、そんな質問をした。

吉良は、また笑って、

「もちろん、わかっていますよ。『逆さ忠臣蔵』ですよ」

「その小説の筋は、どんなものか、いってみてくれます？」

のり子が、まだ、不安気にきく。

「忠臣蔵の赤穂浪士が忠臣なら、吉良の家臣だって忠臣に、変わりがない。それを小説にしたんですよ。これで、うまく、説明ができていますか？」

「充分ですよ。やっと安心したわ」

のり子が、大きく息を吐いた。

7

事件は解決した。

吉良を、銃で狙撃（そげき）した犯人も、問題の警備会社ＯＡＩの人間の一人で、元暴力団員だということがわかった。

十津川たちは、いったん、東京の、捜査本部に戻ることにした。

十津川は、別れぎわに、吉良や、吉良町の常盤劇場の支配人や、劇団三河座のリーダーたちに、

「あなたがたは、これから、どうするんですか？」

と、きいた。

「もちろん、これからすぐ三河に帰って『逆さ忠臣蔵』の公演に、取りかかりますよ。こんな危ない目に、遭ったんですから。何もしなければ、大損になる」

常盤劇場の支配人、柴田健一郎が、いった。

「しかし、嘘だった五千万円は、どうするんですか？　あの資金の夢は、これで、飛んでしまったんじゃありませんか？」

十津川が、劇場の支配人と、三河座のリーダーの二人に、きいた。

常盤劇場の支配人が、ニッコリしながら、いう。

「実は、その手当てが、ついたんですよ。中央不動産の、落合社長さんが、自分の父親が、迷惑をかけて申しわけない。そういってくださって、五千万円の資金を、調達してくれたんですよ。これで、安心して、一ヵ月の、公演が打てますよ」

「あなたは、どうするんですか？」

十津川は、吉良義久に、きいてみた。

吉良は、少し考えてから、

「一応、記憶が戻ったんですけどね。しかし、どこか、その記憶が、ボケているんですよ。だから、その記憶を、もっとはっきりさせるために、旅行にいこうと、思っています」

「旅行って、どこに、いくつもりなんですか？」

十津川が、きくと、そばにいた、三木のり子が、笑った。

元気が出て、明るい顔になっている。

「十津川さんも、察しが悪いわ」

と、のり子が、いった。

十津川も、その言葉で、そうかと思った。

「なるほどね。吉良義久さんは、これから、湯谷温泉の、あの旅館にいくんですね？確か、はづ別館でしたかね」

「そう思っています」

吉良が、変に、真面目くさって、いった。

「あの旅館に泊まり込んで、新しい小説を、書いてみるつもりです」

「今度は、どんな小説を書くつもりなんですか？」

「そうですね。『逆さ忠臣蔵』は、もう書いてしまったから、今度は、明智光秀、天下を取ると、いったような小説を、書いてみたいと思いますね。昔から私は、明智光秀という人間が、好きなんですよ。織田信長を殺した、悪人のようにいわれていますが、しかし、明智光秀だって、あの時代に、生きていたからこそ、日本の歴史というものは、今みたいに、動いていったわけでしょう？　だから、それを、書いてみたいと思っています。そうですね、じっくりと構えて、一年ぐらい、かかるかも知れませんね」

「一年かかるとすると、また、あのそば屋で、娘さんの、藤崎美香さんと、会えるんじゃありませんか？」

十津川が、いうと、また、のり子が、笑って、

「たぶん、吉良さんは、明智光秀の小説なんか、書くよりも、藤崎美香さんに、会う

ことのほうが、本当の目的なんじゃ、ないのかしら?」

と、いった。

8

東京に帰った十津川は、まず、三上本部長に、事件が、解決したことを報告した。

「何とか、事件が解決してよかったです。幸運でした」

十津川は、謙虚というのではなくて、正直な気持ちを、いった。

翌日、捜査本部の解散式の途中に、速達の封筒が、十津川に届けられた。

中を開けると、吉良町の、常盤劇場の招待状が入っていた。

『逆さ忠臣蔵』の招待状である。十津川と亀井の分も、そして、ほかの、刑事たちの分も入っている。

「果たして、休暇が取れるかな?」

十津川が、亀井に向かって、いった。

「何とかして、休暇を取って、見にいきましょうよ」

亀井が、笑顔で、いった。

本作品はフィクションです。実在のいかなる組織、個人とも、一切関わりのないことを付記します。（編集部）

本書は二〇〇九年一月、双葉文庫より刊行されました。

十津川警部　三河恋唄

西村京太郎

平成27年 5月25日　初版発行
令和6年 5月30日　4版発行

発行者●山下直久

発行●株式会社KADOKAWA
〒102-8177　東京都千代田区富士見2-13-3
電話　0570-002-301(ナビダイヤル)

角川文庫 19186

印刷所●株式会社KADOKAWA
製本所●株式会社KADOKAWA

表紙画●和田三造

●お問い合わせ
https://www.kadokawa.co.jp/（「お問い合わせ」へお進みください）
※内容によっては、お答えできない場合があります。
※サポートは日本国内のみとさせていただきます。
※Japanese text only

ISBN978-4-04-103163-6　C0193